PRISON BREAK

プリズン・ブレイク

VOL.1

ポール・T・シェアリング［原案］
小島由記子［編訳］

TA-KE SHOBO ENTERTAINMENT BOOKS

CONTENTS

主な登場人物

受刑者

マイケル・スコフィールド
有能な建築設計士。
無実の罪で死刑となる兄リンカーンを救うため、
武装強盗を犯して兄と同じ刑務所に入り、脱獄を企む。

リンカーン・バローズ
マイケルの兄。
副大統領の兄弟殺害の罪を着せられ、死刑判決を受ける。

ジョン・アブルッチ
刑務所内で一目置かれているマフィアの幹部。
組織を揺るがす秘密を握るマイケルに渋々協力する。

フェルナンド・スクレ
気のいいマイケルの同房者。
恋人との結婚を夢見ている。

セオドア・“ティーバッグ”・バッグウェル
血気盛んな危険人物。かわいい青年に目がない。
ある事件をきっかけにマイケルに深い怨みを抱く。

チャールズ・ウエストモアランド
愛猫と暮らす温和な囚人。
伝説の犯罪者クーパーと噂されている。

ヘイワイヤー
マイケルの同房者。神経病患者。

刑務所関係者

ウォーデン・ヘンリー・ポープ
フォックスリバー刑務所所長。
懲罰より更正を重んじる人格者。

ブラッド・ベリック
看守長。
権力主義の暴君。マイケルの天敵。

サラ・タンクレディ
刑務所の専門医。
マイケルに好感を抱く。

フォックスリバー州立刑務所
FOX RIVER STATE PENITENTIARY

塀の中
INTO THE PRISON

ベロニカ・ドノバン
弁護士。
かつての恋人リンカーンの無実を信じ、事件の真相を探る。

ニック・サブリン
<ジャスティス>の弁護士。ベロニカを助ける。

LJ・バローズ
リンカーンの息子。

フィリー・ファルゾーニ
アブルッチの組織の幹部。

オットー・フィバナッチ
アブルッチの組織存亡のカギを握る証人。

テレンス・ステッドマン
<エコフィールド>代表。副大統領の兄弟。

ポール・ケラーマン
リンカーンの事件を追うシークレットサービスのエージェント。

ダニー・ヘイル
ケラーマンのパートナーのエージェント。

塀の外
OUT OF THE PRISON

PRISON BREAK

VOL.1

プロローグ

PROLOGUE

タトゥーは痛みに耐える根性と費用さえあれば、ファッション感覚でだれでも気軽に入れることができる。シカゴの街の裏通りにスタジオを構えるキュートな顔立ちのタトゥー・アーティスト、モニカは、腕の確かさとセンスのよさで人気があった。

初春のある日、モニカのスタジオを訪れた若い男性客は、裕福なうえにとびきり根性があるらしかった。タトゥー初体験だというのに、いきなりほぼ上半身一面におよぶほどの下絵を持ちこみ、2ヶ月以内に完成させてほしいと言ってモニカに札束を差し出したのだ。

だが、男は白いシャツにダークなスーツ姿のいかにも生真面目《まじめ》そうな好青年で、タトゥーを入れるようなタイプには見えなかった。ただ普通のビジネスマンとは少し違い、何か創造的な仕事に従事している者特有のストイックな雰囲気があった。

年のころは30歳前後だろうか。まるで禅僧のような短く刈りあげた髪、上背のあるほどよく鍛えられた体軀《たいく》、ハリウッドスター顔負けのハンサムなのに浮ついたところはまったくなく、その若さに不釣合いなほど泰然としている。

彼の風貌と芸術的かつ精巧な下絵に、モニカは個人的にもタトゥー・アーティストとしても大いに興味と意欲をかき立てられた。もちろん札束も魅力であったが……。

タトゥー・スタジオでは、客にIDカードの提示を求める決まりになっている。未成年者がタトゥーを入れるのを防ぐためだ。だが、男はどう見ても未成年ではなかったし、モニカはわけありげな客にわざわざIDカードの提示を求めてせっかくのビッグな仕事を逃したくなかった。

しかし、上半身一面におよぶほどのタトゥーを彫るとなると、通常は数年かかる。生身の肌がカンバスなだけに失敗は許されない。アーティストは一針、一針が真剣勝負だ。客も痛みに耐えるために極度の緊張を強いられることになる。双方の体力や集中力を維持しつづけられるのは、1回に6時間程度が限界だ。

しかもタトゥーは施術後のケアが重要だった。日焼けした肌と同じで、彫りこんだ箇所の薄皮がむけて皮膚が落ち着くまでに2週間ほどかかる。その間には猛烈な痒《かゆ》みに襲われるが、雑菌の侵入や色落ちを防ぐために、掻《か》くことは極力避けなければならない。だが、痛みには耐えられても、痒みを我慢できる人間は、モニカの知るかぎり皆無だった。どんなに忍耐強い者でも、寝ている間に無意識のうちに掻いてしまう。したがって大きな図柄の場合は、最低でも2週間の間隔を置いて少しずつ彫っていくのが普通だった。

ところが男は毎日のように通ってきては、モニカが精根尽きるまで自分の肌を刻ませ、痛みや痒みにも決して弱音を吐くことはなかった。

そのうえ驚くほど寡黙だった。施術中は憂いを帯びたまなざしでじっと虚空を見つめているばかりで、モニカがさりげなく水を向けてもタトゥーを入れる理由はおろか、プライベートなことはいっさい語ろうとしなかった。

そして、今、モニカ渾身《こんしん》の大作は完成に近づいていた。鼻ピアスにメドゥサのようなヘアスタイルをしたモニカは、男の左上腕に仕上げの色入れを終えてふうと息をついた。

「できたわ」

黒いインクと血で染まった施術用のビニール手袋をはめた手を男の体からそっと離し、数歩下がる。

「ねえ、ちょっと全体を見せて」

すべらかで弾力のあるカンバス一面に刻まれたタトゥー。その図柄は男が持ちこんだ下絵にモニカのアイディアを加え、我れながら惚《ほ》れ惚《ぼ》れとする出来栄えとなっていた。しばし真剣な面持ちで自分の作品を眺めていたモニカが会心の笑みを浮かべると、男はぽつりと感想を漏らした。

「まさに芸術家だな」

あまりにも淡々とした口調だったので、モニカは彼が本当に満足しているのかどうか分からなかった。ただタトゥーをまとった男の引き締まった体を名残惜しげに見つめた。

「この作品をもう見られないのね」

「そういうことだ」

男はそっけなかった。ほとんどの客は色落ちのチェックのために再訪する。だが、彼にかぎっては、二度とこのスタジオに現れることはないだろうと思われた。せめて写真に撮って残しておきたかったが、それも当初からきっぱりと拒否されていた。

モニカはグレーがかった黒い瞳を曇らせ、上目遣いに男を見やった。

「最初は皆、小さなものを彫るわ。恋人のイニシャルとか、ちょっとした図柄をね。でも、あんたは違う。2ヶ月でこれだけデカいのを彫らせるなんて。普通なら数年かかるのに……」

男はモニカの未練を断ち切るかのようにすばやく服をつけた。

「俺には、その数年がない。残念だけどね」

ため息をつくモニカに、男は謎めいた言葉を残して足早にスタジオから出ていった。

一生消えることのない刻印を体に秘した男の住まいは、街を東西に流れるシカゴ川沿いに建つモダンな高層アパートメントの最上階にあった。摩天楼を一望できる住み心地のいい部屋だ。そのアパートメントは、彼が設計にたずさわったものだった。近代建築の宝庫のシカゴにあって、男は将来を嘱望《しょくぼう》された優秀な建築設計士であり、建築工学者でもあった。

自宅に戻った男は、まっすぐにバルコニーに面した窓の前に置かれたデスクへ向かった。廊下の染み一つない白い壁には、男が獲得したいくつもの賞状が額に入れられ、整然と飾られている。だが、それらはもはや男にとってなんの意味もないものだった。

デスクまわりはひどく散らかっていた。何冊もの分厚い本やファイルが積みあげられていて、空いているスペースはほんの一部分しかない。その貴重なスペースに、白い紙で折った鳥がぽつんと置かれていた。それは手先の器用な男が、子供のころから寂しさや不安に駆られたとき、あるいは何か考えに耽《ふけ》るときに折りつづけているものだ。今では、知る人ぞ知る彼のトレードマークになっている。

デスクの後ろの床から天井まである窓ガラスは、一面ボード代わりだった。新聞の切り抜きやさまざまな資料のコピーがところ狭しと貼《は》られている。

新聞の切り抜きの一つには、ニヒルな表情をした男の写真の上に〝リンカーン・バローズの上告棄却　刑は予定どおり執行〟という太字の見出しが躍っていた。また別の切り抜きには、〝知事の娘、ミス・サラ・タンクレディ　博愛賞受賞〟の見出しとともに、理知的な目をした若い美人の写真があった。

そして、額が禿《は》げあがった不敵な面構えの男の顔写真付き切り抜き。〝マフィアの幹部ジョン・アブルッチ、ついに服役　懲役120年〟。さらには〝D．B．クーパーの150万ドル伝説〟とか、〝インスリン〟に関する文献のコピー、ミス・タンクレディの大学卒業時の記録等々……。男はゴミ箱を小脇に抱えて窓に歩み寄ると、それらのすべてを片っ端からはがしはじめた。

最後に〝リンカーン・バローズの死刑執行　5月11日〟と記された新聞の切り抜きをゴミ箱に放りこんだ男は、コンピュータ・デスクの下にかがんでハードディスクドライブをもぎ取った。そのディスクドライブは、IQ200のずば抜けた頭脳の結晶だった。

男はディスクドライブを手にしたまま、バルコニーに出ていった。いつしか日はとっぷりと暮れ、目の前にはネオンきらめく摩天楼の眺望が広がっている。

このすばらしい夜景も、今夜かぎりだ。男はため息をついてほんの一瞬、ためらったあとに歯を食いしばり、眼下を流れるシカゴ川めがけてディスクドライブを放り投げた。ディスクドライブは弧を描き、たちまち暗い川の中へと消えていった。

それは男が、輝かしいキャリアを積みあげてきたこれまでの人生に決別した瞬間だった。かけがいのないある人を救うために……。

第1章　マイケル

PILOT

1

デザイナーズ・ブランドのスーツを着こみ、革製のブリーフケースをさげてラサール銀行を訪れたマイケル・スコフィールドは、その身なりといい、落ち着いた物腰といい、だれから見ても新たな口座を開設しにきた上客と思われた。

ところがマイケルは感じのいい笑みを浮かべて窓口に近づくなり、天井へ向けて拳銃を数発撃ち放った。

「金を出せ」

フロアにいた客やカウンター内の行員たちが悲鳴をあげ、一斉に床に突っ伏す。マイケルの予想どおり、銀行では常日頃から強盗に対する備えはできているらしく、窓口係の中年女性はすぐにいくつかの札束をウンターに差し出した。だが、それらの札は事前にナンバーが控えられているおとりで、使ったら最後、すぐに足がついてしまうだろう。これで引き下がるのは、ど素人だけだ。

その札束をとりあえずブリーフケースにしまったマイケルは、スーツの前を開けて腰に差したもう1丁の拳銃を窓口係に見せつけながら、再び天井へ向けて撃った。

「金庫を開けろ」

周囲から悲鳴があがるなか、窓口係は顔と両手をカウンターにぴたりとつけた窮屈な格好で、若くて端正な顔立ちの強盗犯を見あげた。

「無理です。支店長がいないので」

この答えも、おそらく強盗対策なのだろう。マイケルはうんざりだとばかりにため息をついてたずねた。

「どこにいる?」

「昼休みでホワイト・キャッスルに」

「ホワイト・キャッスル?」

「ファストフード店です。小さくて四角いハンバーガーを出す……」

「そのぐらい知ってるさ」

らちが明かないとみて、マイケルはさらに2発、天井へ向けて撃ち、その拳銃を窓口係に突きつけた。

「お遊びじゃないんだ。早く金庫を開けろ!」

だが、窓口係はベテランらしく、したたかだった。

「もう50万ドル、渡しました。それを持って逃げたほうがいいんじゃないかと……」

そのとき表通りからサイレンの音が聞こえてきた。パトカーや装甲車が大挙して駆けつけてきたのだ。空からも警察のヘリコプターが姿を現す。

「警察だ！　お前は完全に包囲されている」

外から警察官の拡声器ごしの声が聞こえてくると、マイケルは少しも抵抗することなく両手をあげ、ゆっくりと通りのほうへと体の向きを変えた。

「銃を捨てろ！　今すぐ捨てるんだ！」

警察官の呼びかけに応じてすぐさま2丁の拳銃を捨てたマイケルの顔には、なぜかうっすらと笑みが浮かんでいた。


武装強盗未遂の容疑で逮捕されたマイケルの公判は、判決の日を迎えていた。濃紺のスーツに同色のストライプのネクタイをきちんと締めて出廷したマイケルは、被告席で悠然と脚を組んでいる。

対照的に彼の横に立っている弁護士のベロニカ・ドノバンは、不安げで居心地が悪そうだった。ブルネットの髪を後ろにひっつめ、仕立てのいいベージュの地味なスーツで一分の隙《すき》もなく武装してはいたが、いつになく精彩を欠いていた。

というのも被告のマイケル本人が全面的に罪を認めていて、弁護の余地がまったくなかったからだ。マイケルは生真面目《まじめ》そうで思慮深げで、だれからも好感を持たれる青年だった。ベロニカはせめて陪審員による裁判なら有利になると考えたが、彼はそれもきっぱりと拒否した。

原告側も異議を唱えず、マイケルの裁判は、保守派の黒人女性判事アン・キートンに裁量が委ねられた。

キートン判事は罪を犯した人間よりも、罪そのものを問題とし、情け容赦なく正義を行使することで知られている。コーヒー色の肌に白髪が際立つ年配の判事が、壇上から被告席のマイケルに鋭い視線を注いで念を押す。

「あなたは検察側の主張を認めるのですね、スコフィールド被告？」

「そうです」

マイケルが他人事のように淡々と答えると、ベロニカはただちに声をあげた。

「裁判長！　休廷を求めます。依頼人は混乱しているようですので」

「混乱などしていません」

マイケルは即座に否定したが、弁護士としてはこのまま引き下がるわけにはいかない。ベロニカはあわてて主張した。

「いいえ、しています」

判事は不可解な表情でマイケルを見すえた。

「被告人は弁護人の助言にしたがい、答弁の内容を熟慮すべきでは？」

「熟慮の結果です」

マイケルの答えは、弁護士など不用と言っているのと同じだ。ベロニカは信じられない思いで緑色がかった目を大きく見開き、彼を振り返った。今回の事件では銀行に実害がなく、マイケルは拳銃を数発撃ったもののだれも傷つけていない。そのうえ彼は新進気鋭の建築設計士で前科もなかったから、どんなに腕の悪い弁護士でも楽に執行猶予を勝ち取れるはずだった。だが、マイケルは揺るぎないまなざしをしている。あたかも刑務所行きを望んでいるかのようだ。

ベロニカは言葉を失い、すがるような目を判事に向けた。幸い時刻は正午に差しかかろうとしていた。判事は空腹だったのかベロニカの主張を受け入れ、早口に言い渡した。

「では、1時半まで休廷とし、その間に量刑を決めておきます」

判事が振り下ろした槌音《つちおと》が響き渡ると同時に、法廷内がざわめく。ベロニカはとりあえずほっとしたものの、弁護士としての面子《めんつ》を完全に失っていた。不甲斐ない自分と意固地なマイケルの両方に腹を立て、手元の書類や資料を手荒くかき集めはじめた。

そのとき廷吏にうながされて立ちあがったマイケルが、傍聴席にいる14歳ほどの少年に気づいて顔色を変えた。少年は思い詰めたような表情でマイケルに歩み寄ってきた。

「叔父さん」

利発そうなその少年は、マイケルの兄の一人息子LJだった。数年前に両親が離婚し、今は再婚した母親と暮らしているが、日ごろからマイケルを慕っていた。

マイケルは廷吏に手錠を後ろ手にかけられながら、厳しい口調でLJを叱《しか》りつけた。

「こんなところに来るんじゃない。うちに帰るんだ。お前には見せたくない」

少年は泣きそうな顔になってあとずさっていった。廷吏に連れ出されていくマイケルも明らかに動揺している様子だ。今なら彼の情に訴えることができるかもしれない。ベロニカは書類カバンをさげ、急いでマイケルのあとを追った。

「LJが来てるとは……」

留置場へ向かう通路で追いついたベロニカに、マイケルが苦々しげにつぶやいた。ベロニカはここぞとばかりに言い募った。

「きっと自分の好きな人はみんな刑務所に入るって思ってるわ。あの子だけじゃない、私もそうよ」

ベロニカはマイケルの兄の元恋人だった。だが、その兄も今は刑務所に入っている。彼とつき合っていた当時、ベロニカはマイケルを弟のように可愛がっていた。何かと問題があった兄のほうはともかく、優秀で真面目なマイケルが銀行強盗をするなどいまだ信じられない。第一、建築設計士として成功していた彼が、なぜ銀行を襲わなければならなかったのか謎だった。

マイケルが留置場の中へ入れられると、ベロニカは廷吏に言った。

「少し話せる?」

「1分だ」

廷吏はぶっきらぼうな口調で応じ、離れていく。ベロニカは鉄格子を挟んでマイケルを説得にかかった。

「分からないの? 全面的に認めたりしたら、あの判事は重刑を科してくるわよ。ここでは罰を与えることが正義なの」

「分かってる」

マイケルは彼女と目を合わそうとはせず、泰然とした横顔を向けている。

「いったい何を考えてるの?」

「話したろ」

「あなたのことはよく知ってるわ。銃を振りまわすような人じゃない。お金にも困っていないはずよ」

「ベロニカ……」

マイケルはため息をつき、ようやく彼女と向き合った。

「お願いだから力にならせて。なんとか助けたいの」

ベロニカは彼のブルーの目をのぞきこんで、懸命にその胸の内を読み取ろうとした。だが、マイケルは真摯《しんし》なまなざしで彼女を見つめ返し、最初に接見したときから変わらない言葉を繰り返すばかりだった。

「君には昔からずっと世話になった。でも、今回は僕に任せてほしい。頼むよ」

結局、ベロニカはなんの策もないまま、午後の判決に臨むこととなった。検察側と並んで裁判長席の前に立ったベロニカとマイケルに、キートン判事は開口一番、告げた。

「犯罪歴がないことを考えると、保護観察が適当かと思います」

その言葉に、ベロニカは愁眉《しゅうび》を開いた。だが、判事はやはり容赦なかった。

「しかし、犯行時に銃を発砲した事実がある以上、凶悪犯罪と考えざるを得ません。よって服役刑に処します」

青ざめるベロニカのそばで、なぜかマイケルの顔には安堵《あんど》の色がかすかによぎった。判事は書類に目を落としてつづけた。

「スコフィールド被告、このシカゴ近郊での服役を望んでますよね？ それは認めましょう。シカゴにもっとも近いレベル1の施設は……」

ベロニカは驚いて口を挟んだ。

「レベル1？ 銃警備の凶悪犯罪者用刑務所ですか？」

「弁護人はさえぎらないように」

判事は横目でじろりとベロニカをにらんでから、マイケルに視線を戻した。

「つづけます。収監先はレベル1のフォックスリバー刑務所とします。刑期は5年と定め、その期間の半ばを過ぎた時点で仮釈放を考慮します」

判決はベロニカの予想以上の最悪のものだった。だが、マイケルは彼女がどんなに口を酸っぱくして助言しても、上告しようとはしなかった。

2

2005年4月4日、マイケル・スコフィールドは即刻、フォックスリバー州立刑務所に収監されることになった。その刑務所は、シカゴ市街地から車で1時間ほど南西に下った田舎町ジョリエットの見晴らしのいい土地にあった。有刺鉄線付きの高いコンクリートの外塀がめぐらされた正方形の広大な敷地の正面に、一見すると中世の城のような趣のある石造りの管理棟が建ち、フェンスで幾重にも隔てられた青い芝生の運動場を囲むようにして監房棟が長く延びている。敷地の四隅には歴史を感じさせる監視塔がそびえ、運動場の向こうには礼拝堂や工場が建ち並んでいた。80年代半ばに建てられた典型的な昔ながらの刑務所だった。

バスツアーよろしく護送車で鉄格子付きホテルに到着したマイケルほか20名ほどの新入りの囚人は、無愛想なベルボーイたちに手荒い歓迎を受けた。私物をすべて没収され、号令のもと、下着1枚だけの姿で身体検査用の小部屋の前に一列に並ばされた。

「ドアの前に立つんだ。ぐずぐずするな」

小部屋では、このホテル独特のチェックインの手続きが行なわれる。客を特殊な椅子《いす》に後ろ向きに座らせ、尻の穴をのぞくことになっているのだ。だが、ボーイは変態野郎でもないかぎり、ゴム手袋をはめて中をまさぐりたいと思うほど仕事熱心ではない。しかも尻の穴の造作はけっこう入り組んでいる。現金はもちろんのこと、タバコや麻薬などでも奥のほうへ隠して持ちこむことができるのだ。

とくに現金は、この衣食住無料のホテルでも半ば公然と流通していた。娑婆《しゃば》と同じで、金がないと惨めな思いをしなければならない。ときにはほんの10ドルで命が助かることさえあるのだ。マイケルも可能なかぎりの額を体の中に隠し持っていた。

「ドアを通ったら、列を乱さずに前へ進め」

看守たちは油断なく目を光らせ、しきりに声を張りあげていたが、囚人たちは再犯、再々犯の者がほとんどだったから、皆、慣れた様子で黙々としたがっている。周囲の者たちに倣《なら》って列に並んだマイケルは、札付きのワル揃《ぞろ》いの中でまるで狼の群れにまぎれこんだ血統書付きの飼い犬のようだった。

身体検査が済むと、囚人たちは別の部屋へと追い立てられた。

「囚人服を着るんだ。さっさと中へ入れ。早くしろ！」

囚人服は水色のシャツに濃紺のズボンだった。それらを着終わった者から順にクリップボードに留められた囚人番号入りの書類を渡され、ベンチに座って姓名、生年月日、職業、健康状態などの申告事項を記入する。それが済んだ者は、前方に眼光鋭く立ちはだかっているブラッド・ベリック看守長のところへ進み出て書類を渡し、チェックを受けることになっていた。

居並ぶ囚人のだれよりも凶暴そうないかつい顔をしているベリック看守長は、あたかも地獄の門番のようだった。

いかにも場違いに見えるマイケルが近づいていくと、ベリックの目はいっそう鋭く光った。

「姓名と囚人番号は?」

「マイケル・スコフィールド、94941」

「信心深いほうか?」

「いいや」

「ここでの戒めは、たったの二つ。その一つ目は、救いを期待するな」

「二つ目は?」

「一つ目を忘れるな」

マイケルはつい皮肉っぽい笑みを漏らした。

「……なるほど」

たちまちベリックがじろりとにらみつける。

「何様のつもりだ?」

「何様?」

「自分を利口だとでも?」

ここでは命令されないかぎり、口を閉じていなければならないらしい。マイケルはただちに従順なふりをした。

「目立たないようにして刑期を終えたいだけです」

だが、遅かったようだ。ベリックは彼の泰然とした顔をねめつけたまま、口元に意地の悪そうなうすら笑いを浮かべた。

「俺の目はごまかせんぞ」

マイケルは少しも臆することなく応えた。

「覚えておきます」

ベリックがあたかも自分の権力をひけらかすように、もう行けとばかりあごをしゃくる。マイケルが離れていくと、ベリックは彼の書類に注目した。そこには〝I型糖尿病〟と書かれていた。


定員1200名ほどのプリズン・ホテルは、ほぼ満室状態だった。メイン通路を挟んでまるで鶏舎のような3層の鉄格子の扉付き監房《セル》が両側にずらりと並び、一部屋に2人ずつ収容されている。それぞれの房の前には細い通路が延びていて、巡回している看守たちから中の様子が一目で見渡せるようになっていた。

エレベーターの中かと見まがうほど狭い房内のほとんどは2段ベッドで占められ、あとは造り付けの小さなデスクと椅子、シンク付き便器があるだけだ。

マイケルが割り当てられたのは、A棟にある一般囚人用の監房の2階部分にある一室だった。セルメイトはフェルナンド・スクレという名の30代前半のプエルトリコ人だ。所内ではスクレと姓のほうで呼ばれているという。

消灯前のひととき、マイケルは鍵をかけられた鉄格子にもたれるようにして、棟内の様子を観察しながらある人物を捜していた。周囲はかなり騒々しかった。皆、退屈しているらしく、鉄格子ごしに大声で他愛もないおしゃべり——大抵はホラ話だったが——をしている者もいれば、巡回している大人しそうな看守をからかう者もいる。

「おい、エアコンを入れろよ。暑くて堪《たま》らねえぜ」

「エアコンなんかいいから、女をよこせよ」

そうかと思うと、隅のほうで黙々とシャドーボクシングをしている者や、四角い手鏡を鉄格子の外へ出して看守たちの動向をうかがい、彼らの目を盗んで隣の房からタバコを受け取っている者もいた。スクレによると、手鏡は囚人たちの必需品で、割れないステンレスミラーを使っているかぎり、看守も見て見ぬふりをしているという。

いずれにせよ、狭い房内に閉じこめられていては、やることもかぎられている。手紙を書くか本を読む以外は、夢想に耽《ふけ》るしかない。あるいは脱獄の計画を練るとか……。

スクレは房内での唯一の居場所である2段ベッドの上のほうに腰かけ、脚をぶらぶらさせながら漫画を読んでいた。

メイン通路の端にある扉が開けられるブザーの音が聞こえてきて、マイケルは下を見やった。1人の看守に先導された囚人たちが、一列になって通路に姿を現した。1階部分の囚人たちが食堂から戻ってきたのだ。

マイケルが彼らをじっと見ていると、向かい側の監房から声が飛んできた。

「おい、新入り！　何見てるんだよ？　お前はここには不似合いな感じだな」

ヒスパニック系の男が怒鳴っていた。マイケルは彼をチラリと見やっただけで、メイン通路の囚人たちに視線を戻した。すると、スクレが言った。

「座ってろよ、新入り。お前の代わりに刑期を務める者はいねえ」

無用な面倒を避けるために助言してくれているのは分かったが、人捜しをしているマイケルは鉄格子の前から離れることができなかった。そのときメイン通路を歩いていた小柄な白人の男がつんのめるようにして、前を行く背の高い黒人の男にぶつかるのが見えた。つぎの瞬間、黒人の男が悲鳴をあげ、腹を抱えて倒れこんだ。白人の男のほうは通路にナイフを投げ捨て、何食わぬ顔をして自分の房に入っていく。

看守たちが駆けつけてきて、血を流してもだえ苦しむ男を取り囲むなか、何百人もの囚人たちが房内から一斉に雄叫《おたけ》びをあげ、辺りはたちまち騒然としはじめた。

マイケルが息を呑《の》んで見つめていると、スクレがベッドから降りてきて皮肉たっぷりにつぶやいた。

「楽しいプリズニー・ランドへようこそ」

まさにこれが刑務所の現実だった。本や映画でその実態は知っていたつもりだったが、マイケルの想像をはるかに超えた異次元の世界だ。今夜はとても眠れそうにもない……。

そのころ、ベロニカも寝つけないままコーヒーの入ったマグカップを手に自宅アパートメントの窓辺に立ち、表通りを見るともなく眺めながら考えに耽っていた。マイケルのことが気になり、同棲中の婚約者セバスチャン・バルフォーを起こさないようそっとベッドを抜け出してきたのだ。

これまで犯罪とはまったく無縁だったマイケル。刑務所での第一夜をどんな思いで過ごしているだろう。きっとショックを受けているに違いない。それにしても人一倍正義感の強いマイケルが、お金に困っているわけでもないのに、どうして銀行強盗などを犯したのだろう。自ら望むようにして刑務所に入ったのはなぜだろう。

思い当たることは、ただ一つ。でも、まさか……。マイケルのことを考えるとき、ベロニカの脳裏にはどうしてもある男の面影が浮かび、胸が疼《うず》いてしまう自分がいた。もう忘れたはずなのに……。

「話を聞こうか?」

背後から遠慮がちな声が聞こえてきて、自分の想いにとらわれていたベロニカは驚いて振り返った。セバスチャンが心配そうに顔を曇らせて立っていた。ガウンもはおらず、上半身裸のままだ。彼女がベッドにいないことに気づき、あわてて起き出してきたに違いない。

ベロニカは申し訳なく思ったが、話す気にはなれなかった。

「……いいの」

「眠れないほど悩んでるんだろ?」

どうやらセバスチャンにはお見とおしのようだ。ベロニカは苦笑して重い口を開いた。

「大したことじゃないの。マイケルの件よ」

「君はベストを尽くしたよ」

「でも彼は違う。反論しないなんて彼らしくないし……」

話している途中で、ベロニカはセバスチャンがため息をついていることに気づいて口をつぐんだ。このところ、同じ愚痴ばかり繰り返している。セバスチャンがうんざりするのも無理はない。

「ごめん、話すべきじゃなかったわ」

「気になるなら仕方ないさ。おやすみ」

セバスチャンはやれやれとばかりに重い足取りで寝室へ戻っていった。ベロニカは自分で気づかないままに、不満げなまなざしを彼の後ろ姿に投げかけていた。セバスチャンは優しくて真面目で、理想的な恋人だった。仕事も順調で、前途洋々だ。彼と結婚したら、きっと安定した生涯を送れることだろう。だが、ふとした瞬間に感じる物足りなさがしだいにベロニカの心を占めつつあった。その左手の薬指には、セバスチャンから贈られたダイヤの婚約指輪が重々しく光っていた。

〝受刑者が運動場に入場……〟

アナウンスが鳴り響くなか、マイケルはセルメイトのスクレと連れ立ち、初めて運動場に出てきた。このホテルでは、毎日、運動の時間が設けられている。4月とはいえ運動場を吹き抜けていく風はまだ冷たく、皆、防寒用の濃紺のブルゾンを着て襟を立て、毛糸の帽子や手袋をつけていた。

1年4ヶ月後の仮釈放が決まっているというスクレは、10代のころから酒店を襲い続け、加重強盗罪で懲役17年の刑を食らって服役している刑務所暮らしのベテランだった。大柄でいかにも凶暴そうに見えるが、思いのほか気のいい男で、マイケルと肩を並べてそぞろ歩きながら楽しいプリズニー・ランドの案内役を買って出た。

「コートもベンチも占領されてる。トレーニング器具もな」

運動場の一角には段状に組まれたベンチが並び、その間に簡易テーブルと椅子もいくつか設置され、バスケットコートやトレーニング場が設けられていた。バスケットコートには黒人の男たち、ベンチやトレーニング器具のまわりには白人の男たちが、それぞれ我が物顔でたむろしている。全部で300名ほどだ。監房の各ブロックごとに交代で出されるらしい。獣の群れと同じで、ほとんどの者がだれかと寄り集っていた。

「あとは看守のものさ」

スクレが目で示した先には、監視塔の窓から自動小銃を構えて身を乗り出している2人の看守の姿があった。運動場のフェンスには、〝銃声がしたら、しゃがめ〟と太字で書かれたプレートが事もなげに掲げられている。

「看守は一番タチが悪い。ギャング同然だぜ。バッジをつけた悪党さ」

スクレの話に耳を傾けつつ、マイケルはすばやく運動場を観察した。3台の電話ボックスの前に、黄色い消火栓が突き出ていた。消火栓はさらに20メートルほどの間隔を置いてもう2本あった。それぞれの消火栓の5メートルほど先には、格子状の蓋《ふた》付きの排水溝の穴が開いている。それらの位置を目で追っていたマイケルは、皆から離れてベンチに腰をかけている1人の老人に気づいた。老人は懐に大事そうに猫を抱いている。刑務所でペットを飼えるはずもないのに、古株らしく特別に許されているらしい。

それよりもマイケルの目を惹《ひ》きつけたのは、彼の風貌だった。髪と口ひげに白いものが目立つその老人は眼光こそ鋭かったが、孤高の学者といった感じでとても囚人には見えない。

「彼は？」

「D・B・クーパーさ。30年前、飛行機から150万ドル奪ってパラシュートで逃げたと噂《うわさ》されている奴だ。本人は認めていないがな」

「善良そうなのに……」

マイケルがつぶやくと、スクレはニヤリとした。

「みんなそうさ。ここでは、だれもが潔白で善人なんだ」

そう言ってから、スクレはすれ違った黒人の2人連れのうち、小柄なほうに笑みを浮かべて声をかけた。

「よお！　調達屋《ホールセール》、元気か？」

「まあな。こいつは？　新入りか？」

ホールセールと呼ばれた男が、マイケルを値踏みするように見やる。

「おれのセルメイトさ」

スクレはホールセールに答えてから、マイケルに説明した。

「こいつには強力なコネがあって、なんでも調達してくれる。だからホールセールと呼ばれてるんだ。ほしいものがあったらこいつに頼むといい」

どこの刑務所にもいわゆる調達屋がいることは、マイケルも知っていた。だが、ホールセールはスクレのおしゃべりが気に入らなかったらしく怒り出した。

「余計な宣伝はするな。タマ、ぶっつぶすぞ」

「ブドウも握りつぶせねえ奴が、偉そうにデカい口、叩くな」

「そっちこそほざいてろよ。もう頼みは聞いてやらねえからな」

「そう怒るなよ」

彼らが言い合いをしている隙に、マイケルはズボンの後ろポケットに忍ばせてきた雑誌を取り出し、近くの排水溝へ歩み寄った。辺りをうかがいながら、さりげなく排水溝の蓋の上に雑誌を落とす。つぎにマイケルはしゃがんで蓋の隙間に雑誌をねじこみ、排水溝の中をのぞいた。雑誌はうまい具合に、大きなゴミなどを堰《せ》き止めるための格子状の仕切りに立てかけられていた。

それを確認したマイケルは、背後のスクレたちに呼びかけながら立ちあがった。

「人を捜してる。リンカーン・バローズって奴だ」

応えたのはホールセールだった。

「シンクか?」

マイケルは彼に歩み寄った。

「それがあだ名か？」

「ああ、キッチンのシンク以外は、みんな武器にする奴さ」

「今どこにいる？」

マイケルの問いかけに応じ、スクレは彼を運動場の端のほうへ誘った。高いフェンスがそびえる青い芝生の空き地を隔てた斜め前方に、独房の囚人用の小さな運動場があった。凶悪犯の多いこの刑務所の中でもとくに凶暴な者や精神的、宗教的に問題がある者、死刑囚などは、B棟の一番端にあるより警備が厳重な独房に収容されている。彼らはほかの囚人たちと無用な接触をしないよう、食事も房で摂るし、運動場も隔離されていた。

リンカーン・バローズは独房の囚人用の運動場で、分厚い石壁の前にぼんやりと所在なげにしゃがんでいた。30代後半くらいのがっしりとした体格の男だが、そのニヒルな横顔には孤独な翳《かげ》りがくっきりと表れている。

スクレはフェンスごしにリンカーンを見やりながら、マイケルに告げた。

「副大統領の兄弟殺しで、1ヶ月後には死刑の身だ。失う物は何もないから、マジに危険だぜ。殺しなんてなんとも思っちゃいない」

マイケルはリンカーンに目を釘づけにしたまま、スクレにたずねた。

「近づけるか？」

「さあな。接触するチャンスがあるとすれば、礼拝とＰＩのときだけだな」

「ＰＩ？　それはなんだ？」

「刑務作業さ。シンクは死刑囚だから、所長の計らいで特別に刑務作業に参加している。気晴らしをさせるためさ。ここでは刑務作業は、古株の奴らの特権なんだ。わずかだが、賃金がもらえるからな。俺も雇ってもらってる。ペンキを塗ったり洗濯したり、マットレスを作ったりするんだ」

マイケルのブルーの目が一瞬、かすかに光った。それに気づいたらしく、スクレはすかさず言った。

「だが、刑務作業に興味なんか持つなよ」

「なぜだ?」

「アブルッチが仕切ってる」

「あのジョン・アブルッチか?」

アブルッチは複数の殺人罪で、仮釈放なしの懲役120年の刑に服しているマフィアの幹部だ。彼が逮捕された当時、メディアはこぞってセンセーショナルに報じたから、その名前を知らない者はいない。

「ああ、そのとおりさ。なんだってあいつに会いたがるんだ?」

訝《いぶか》しげに問いかけるスクレに、マイケルはリンカーン・バローズをひたと見すえて答えた。

「俺の兄貴だ」

3

大の男が2人、狭い監房の中に閉じこめられているのは息が詰まる。少し動くとどうしても顔を突き合わせてしまうことになり、互いに居場所がなかった。スクレが壁に備え付けられたスチール製の小さなデスクに向かって手紙を書き出すと、マイケルは鉄格子の扉に寄りかかって白い紙で鳥を折りながら想いに耽りはじめた。

――マイケルが兄のリンカーンと姓が違うのは、その複雑な生い立ちのためだった。マイケルが生まれたとき父親が家出して行方知らずになっていたために、彼は母方の姓スコフィールドを名乗り、兄のリンカーンは父方の姓バローズのまま育ったのだ。

マイケルが10歳のとき、母親が肝臓ガンを患って亡くなった。それからというもの、マイケルは6歳年上の兄を唯一の頼りに生きてきた。そして3年前のある日、その兄の身に思ってもみない災難が振りかかった。

リンカーンが突然、副大統領の兄弟で企業家のテレンス・ステッドマンを銃殺した容疑で、逮捕されたのだ。その少し前にリンカーンは雇い主であるステッドマンから解雇され、恨みを抱いていたのは確かだったが、殺害に関しては、警察の取り調べでも裁判でも一貫して無実を主張した。

根は善良な兄の人柄をよく知っているマイケルも、無実を信じて疑わなかった。リンカーンはむしろ人が善すぎてトラブルに巻きこまれる性質《たち》で、殺されることはあっても、人を殺すことなど絶対にあり得ない。

だが、証拠はリンカーンに不利なものばかりだった。裁判もなぜか異例のスピードで結審を迎え、リンカーンは死刑を言い渡された。即刻上告したものの、それも棄却されてしまった。

マイケルはフォックスリバー州立刑務所に収容されている兄と面会して訴えた。

「もう一度、上告を……」

面会室の透明な強化アクリル板を挟んで弟と向き合ったリンカーンは、哀しげに頭《かぶり》を振るばかりだ。

「いや、もう終わりさ。5月11日で決まりだ。その日に俺は処刑される」

「……聞いてる」

マイケルは胸がつぶれる想いで兄を見つめた。マイケルにとって、兄は父親代わりでもあった。今、マイケルが建築設計士として成功しているのは、兄がすべてを犠牲にして自分の面倒を見てくれたお陰だった。その兄がこの世からいなくなるなんて……。それも殺人者の汚名を着せられて……。

「信じてほしい。俺は殺してないんだ」

リンカーンが辛そうにかすれた声を絞り出す。

「でも、証拠が揃ってる」

裁判の過程で検察側から完璧なまでの証拠を提示され、リンカーンに死刑判決が下されたあと、マイケルは仕事も恋もすべて投げ打って事件を独自に調べた。だが、結果はやはりリンカーンの有罪を裏づけるものばかりだった。少なくてもそう見えた。それにリンカーンは苦労して入った大学を中退して働いていたが、裏社会の連中とのつき合いがあったのも確かだった。何かのしがらみで、もしかしたら殺《や》らざるを得なかったのかもしれない。

その思いを見透かしたように、リンカーンは弟をまっすぐに見つめ返した。

「どんなに証拠があろうと、俺は殺してない」

信じたい……。マイケルは目に涙を溜《た》めて兄に訴えた。

「そう誓ってくれ」

「嘘《うそ》じゃない。誓うよ」

一点の曇りもない自分と同じブルーの目。だが、真実はどうあろうと、兄は死刑を宣告されている身だ。マイケルは率直に疑問をぶつけた。

「じゃ、なぜ有罪になったんだ？　上告もしたのに……」

「分からん、まったく。どう考えてもハメられたとしか思えない。だれかが俺を早く抹殺したがってる」

苦悩する兄の顔を見ているうちに、マイケルは決断した。リンカーンは自分の唯一の肉親なのだ。どんな手段を使っても救わなければ……。だが、この期におよんでは、兄の無実を合法的に証明する時間も方法もなかった。

そして、IQ200のマイケルの頭脳は、とてつもない計画を考えついたのだった。兄と同じ刑務所に入れるよう銀行強盗を犯したのは、その計画のほんの手はじめにすぎなかった――


「愛の類似語は？」

スクレの声が聞こえてきて、マイケルは我に返った。

「どんな流れで？」

「だからさ……愛してる、二度と酒店を襲わないという流れさ」

どうやらスクレは恋人に宛てて手紙を書いているようだ。マイケルは思わず顔をほころばせて彼を振り返った。

「なんか洒落《しゃれ》たのねえかな。スクレは背を向けたまま頭を抱えている。

「手紙で？」

「なんか洒落たのねえかな。言っとくが、これはプロポーズなんだ」

スクレはマイケルのほうへ向き直り、真剣な面持ちで訊いた。

「ほかに手があるか？」

「直接、話すのが一番だ」

「ここは刑務所だぞ」

そう言うと、スクレは目を輝かせて映画のワンシーンそっくりの話を披露した。

「エンパイア・ステート・ビルが見えるところで、彼女が手紙を読む……最高だな！」

スクレはパチンと指を鳴らして悦に入ってから、力なくつけ加えた。

「俺は行けないが」

「情熱《パッション》は？」

マイケルが何げなく言った言葉に、スクレはすぐに乗ってきた。

「パッションか。そいつはいい！」

喜び勇んで立ちあがり、自分のベッドの上に手紙を置いて書きはじめる。

「パッションとね……スペルは？　PASH……」

マイケルが頭を振ると、スクレは自信なげにセルメイトの顔をうかがった。

「違った？」

マイケルは正しいスペルを教えてやりながら、スクレの横顔を思案げに見つめた。彼の計画には、セルメイトの協力が絶対条件だった。


マフィアの幹部ジョン・アブルッチは、塀の中でも顔を利かせていた。看守にも一目置かれていて、それなりに快適に過ごしている。仮釈放なしの懲役120年の刑を食らって死ぬまで刑務所に入る羽目になったのは忸怩《じくじ》たる思いだったし、自分のことを密告した奴は100回殺しても飽き足りないくらいだったが、彼にとっては娑婆も塀の中も大して違いはなかった。

運動の時間、アブルッチは運動場の一角に設置されたテーブルを占領し、一緒に収監された手下や取り巻きの囚人たちと数本のタバコを賭《か》けてポーカーをやるのが日課だった。

マフィアの一員の名に恥じない洒落者のアブルッチは、囚人服を着ていても身だしなみに気をつかっていた。生えぎわがかなり後退した額にはローションをつけ、オールバックの肩まで届く長い髪は一筋の乱れもなくまとめている。ひげもきちんと剃《そ》っていて血色がよく、貫禄たっぷりだ。

アブルッチがいつものように手下や取り巻きの四人たちと運動場のテーブルを囲んでいると、新入りのマイケル・スコフィールドがつかつかとやってきた。

「アブルッチ、俺を刑務作業に使ってくれ」

「失せろ」

アブルッチは彼を無視してポーカーをつづけた。

「俺の話を聞けよ」

「お前に用はねえ」

「それはどうかな？」

そう言うと、マイケルはテーブルのカードの上に折り紙の鳥を置いた。一見、なんの変哲もない折り紙だったが、アブルッチは念のために手に取って眺めた。刑務所の中では、どんなものにでも注意を払う必要があった。思わぬかたちで塀の外から何かのメッセージが届くことがあるからだ。だが、それはただの折り紙にすぎなかった。

「お前は役立つかもな。アヒル作りに」

アブルッチはアヒルの鳴き声を真似てからかったが、マイケルは引き下がらなかった。

「作業係にしろ。俺は本当に役に立つぞ」

その厚かましさに、手下たちが気色ばんで立ちあがった。すると、マイケルはあとずさりながらも意味ありげにニヤリとした。

「よく考えろ。話す気になったら来いよ」

マイケルがいなくなると、アブルッチはもう一度、折り紙の鳥を観察してから飛ばして捨て去った。クソ生意気な若造だが、自分が手を下さなくとも早晩、好き者たちの餌食《えじき》になって泣きをみるのは分かっていた。そのときになって粋がっていたことを後悔しても遅い。あの男の不幸は、若くてハンサムでうぶに見えることだった。

「おい、もたもたするな！　俺は早く帰りてえんだ」

アブルッチの組織が経営する精肉工場を仕切るロイ・マッジオは、精肉の作業工程が遅れていることに苛立《いらだ》っていた。その日は5歳になる娘の誕生日で、帰りにアメリカン・ガールプレイスに寄って人形を買ってくるよう妻に頼まれていたからだ。

「さっさと運べ！」

マッジオが肉づきのいい肩に半ば埋もれた頭をめぐらせて従業員たちに檄《げき》を飛ばしていると、カシミアのコートをはおった白髪の男が茶封筒片手にやってきた。日焼けした端正な顔立ちでクラブ歌手のような雰囲気を漂わせているこの男は、最近、めきめきと頭角を現してきた組織の仲間の1人、ソニー・スモールハウスだ。

スモールハウスは身振りでマッジオを呼び、手にしていた茶封筒から1枚の写真を出して作業デスクの上に置いた。

その写真を一瞥《いちべつ》したマッジオは、スモールハウスに怪訝《けげん》な顔を向けた。

「こいつはだれだ?」

写真には帽子を目深に被り、サングラスをかけたひげの男が写っていた。

「アブルッチを売ったクソ野郎だ」

「オットー・フィバナッチか?」

マッジオは写真を手に取ってまじまじと見た。うまく変装はしているが、写真の中の男は確かに以前、アブルッチが経営する会社で働いていたフィバナッチのようだ。

「とっくに消したはずだろ?」

マッジオの疑問に、スモールハウスは額にしわを寄せて答えた。

「だれかが見つけたんだ」

「だれかって、だれだ?」

「わけが分からん」

そう言って、スモールハウスは写真が入っていた茶封筒をマッジオに差し出した。封筒をのぞきこんだマッジオは、中に入っていたものを見るとますます当惑した表情になった。

「なんだこりゃ?」

入所時にI型糖尿病と申告したマイケルは、B棟の2階部分の一番端にある診療室に呼ばれた。入院病棟が併設された診療室で働く女性医師のサラ・タンクレディについては、マイケルは徹底的に調べてあったが、博愛賞を受賞して新聞の紙面を飾っていた写真よりもずっと美人で感じがよかった。

理知的に輝く黒い瞳、意思の強そうな口元、水泳選手のようなダイナミックな肢体をさりげなく白衣で包み、柔らかそうな長い髪を無造作に垂らしていて、この州の最高権力者の娘だというのに、気取ったところはまったくない。

診察時にシャツを脱いで上半身裸になったマイケルを見て、サラは息を呑《の》んだ。

「すごいタトゥーね」

マイケルの体にはタトゥーが一面に彫られていて、まるでもう一枚、柄物の長袖シャツを着ているようだった。

サラはマイケルの腕にインスリンの注射をしながら言った。

「注射には慣れてるでしょ？」

マイケルは答える代わりに笑みを浮かべて彼女を見つめた。

「しばらく押さえてて」

サラが注射を終えてカルテを作りはじめたころ合いを見はかり、マイケルは唐突に口を開いた。

「マイケルだ」

「スコフィールドね。知ってるわ。書類に書いてあるもの」

「君は？」

「ドクター・タンクレディよ」

その名前を彼女から引き出すと、マイケルは驚いてみせた。

「知事のタンクレディと同じ？　まさか娘とか？」

サラはカルテから顔をあげようとせず、口をつぐんでいる。どうやらこの話題には触れてもらいたくないようだったが、マイケルは知事のキャッチフレーズを引用して皮肉っぽい口調でつづけた。

「〝フロンティアの正義の男〟の娘が刑務所で働いてるとはね。しかも医師とは……」

実際、この刑務所の診療室の医師が女性で、しかも知事の娘と知ったとき、マイケルは複雑な思いに駆られたものだった。サラはため息をついてようやく顔をあげた。

「受刑者の社会復帰を助けるためよ。私はみんなの役に立ちたいの」

まったく気負うことなく淡々と答え、再びカルテに目を落とす。マイケルは独り言のようにつぶやいた。

「世界を変える存在になれか……」

サラが瞠目《どうもく》するのが分かったが、マイケルはとぼけた。

「何か？」

「それ、私の好きな言葉だから」

マイケルはここぞとばかりに、用意してあった台詞《せりふ》をさりげなく口にした。

「君の考案?　僕はずっとガンジーのかと思ってたよ」

案の定、サラは含み笑いを漏らした。

「面白い人ね。このまま座って押さえてて。すぐ戻るわ」

マイケルはサラのすてきな笑顔をうっとりと見つめた。だが、彼女が離れていくなり、すばやく動いた。シャツの胸ポケットから折り紙の鳥を取り出して椅子からすべり下り、それを床に開いた排水溝の格子状の蓋の隙間から落とした。そして、再び診察用の椅子に座って腕を押さえたとき、サラが戻ってきた。

マイケルは何食わぬ顔で言った。

「数週間分のインスリンと注射器をもらえるかな?」

サラが笑って頭を振る。

「だめよ。注射器は渡さない」

「僕はヤクなんか絶対やらない。信じてくれ」

「ここでは〝信じてくれ〟なんて無意味な言葉よ。インスリン注射は、私が打つわ」

「それじゃ、しょちゅう顔を合わせることになりそうだ」

「そうね」

I型糖尿病患者はインスリンの注射を打たなければ生きていけない。したがって何度も診療室に足を運ぶことになる。それがマイケルの狙《ねら》いだった。

4

「バローズの処刑は予定どおりです」

シークレットサービスシカゴ支部のポール・ケラーマンのオフィスに、部下のダニー・ヘイルが報告に訪れていた。

ケラーマンはがっしりとした体を窮屈そうに革張りの椅子に収め、眉間《みけん》にしわを寄せてデスクの上に溜《た》まっている書類の束にサインをする作業に没頭している最中だった。特殊部隊出身のケラーマンは任務ならなんの迷いもなく冷徹に遂行することができたが、デスクワークは苦手だった。

「ですが、一つ問題が……」

「なんだ?」

ヘイルは眉を曇らせてつづけた。

「マクモロー司教が反対しています。あの司教は、知事に影響力を持っています」

ケラーマンはため息をつき、おもむろに顔をあげて上目遣いにヘイルをにらんだ。ヘイルはいっそう不安そうな表情になって身を乗り出してきた。

「2人はごく親しい間柄です。司教の反対で、すべてが水の泡になるんじゃないかと……」

ヘイルはケラーマンの腹心の部下であると同時に学生時代からの友人でもあったが、少々気の弱いところがあった。今もごく短い剛毛のブロンドの頭を傾《かし》げ、ケラーマンを心配げにのぞきこんでいる。彼の態度に苛立ちながらも、ケラーマンは先手を打っておくにこしたことはないと考えて言った。

「ここらで司教のもとを訪ねるとするか」

それからヘイルを鼓舞するように付け足した。

「いいか、あと1ヶ月だ。それですべて終わる」


マイケルが兄のリンカーンにようやく接触できたのは、入所して3日目の礼拝のときだった。

マイケルたちが看守に伴われて礼拝堂に入っていったときには、リンカーンはすでに信徒席の最前列に1人で座らされていた。

礼拝中は看守が目を光らせていて、だれもその席には近づくことはできない。マイケルは少し後ろの席に座り、豆鉄砲を食らった鳩のようなユーモラスな表情をしているクリストファー・デンプシー司祭の退屈な説教が終わるのを待った。

「……神の子は罪深き者の手によって十字架にかけられたが、3日後に復活した。そして、ついに人々は彼の言葉を信じた。あなた方もそうなさい。みなさんに神の祝福あれ」

司祭が壇上から下りると、囚人たちは皆、速やかに席を立ちはじめた。マイケルはリンカーンが通路に足を踏み出すまで待って腰をあげた。

囚人服を着た弟の姿を見たとたん、リンカーンは雷に打たれたような表情になって立ちすくんだ。

「……マイケル？」

一瞬後、リンカーンはマイケルに歩み寄ってささやいた。

「なぜだ？」

マイケルもささやき返す。

「ここから出す」

そのとき、看守の声が飛んできた。

「バローズ！　早く来い」

リンカーンは看守のほうを気にしながら急いで弟に言った。

「不可能だ」

「ここを設計した」

それだけ告げると、マイケルはすばやく兄から離れた。


スクレが突然、2段ベッドの上の段から降りてきて、マイケルに当り散らしはじめた。

「何がパッションだ？　ふざけやがって！」

ベッドに横たわっていたマイケルは、苦笑して彼を見あげた。

「あんただって気に入ってただろ」

「彼女はきっと俺が腑《ふ》抜けになったと思ったに違いない。言葉に凝ったのが失敗だった。プロポーズの言葉は単純なほうがいい。イエスかノー、好きか嫌いだ！」

「そう焦るな」

「焦るなだって？　俺は彼女にプロポーズをしたんだぞ。返事は簡単にできる。イエスかノー、ひと言で済むのに」

どうやらスクレは恋のジレンマにおちいっているらしい。塀の中にいては連絡することもままならないから、なおさらだろう。マイケルは笑みを浮かべて彼の愚痴を受け止めた。

「つぎの面会日に来るはずなんだ。いつもなら前もって電話してくる。でも今回は、まだ電話がない。お前のせいだぞ」

そのとき看守の1人が鉄格子の扉の前に立ちはだかった。

「スコフィールド、来い。所長がお呼びだ」

スクレが顔を強ばらせてマイケルにささやく。

「おい、ヤバいぜ。何か疑ってるとき以外、所長は囚人を呼ばない」

マイケルは内心、ぎくりとして立ちあがった。


フォックスリバー州立刑務所に君臨するウォーデン・ヘンリー・ポープ所長は、厳格だが、公正な人物として知られていた。受刑者には、懲罰を与えるよりも更正させることこそが刑務官の務めであると考えている。単なるロマンチストだとか偽善者だと陰口を叩く者もいたが、少なくともポープ自身は人格者でありたいと努力してきたつもりだった。

4階建ての管理棟の最上階にある所長室にマイケルを呼んだポープは、彼をデスクの前の椅子に座らせて向き合った。立派な口ひげを生やしたポープのいかめしい顔は、初老の域に達して目立つようになった白髪のせいでいくらか柔和に見えたが、目は笑っていなかった。囚人とは思えないほど泰然として座っているハンサムな若者の正体を見抜こうと鋭く光っていた。

ポープはマイケルの資料を見ながら口火を切った。

「ロヨラ大学ではクラス1番の成績で、次席で卒業している。君のような優秀な人間が、なぜこんなところにいるのか不思議だな」

「曲がる道を間違えて……」

他人事のように淡々と答えるマイケルに、ポープは父親のようなまざしを注いだ。

「一方通行を逆に走ったみたいな言い方だな」

「だれでもつい罪を犯すことはあります」

IQ200の男が簡単に尻尾《しっぽ》を出すはずもない。ポープは立ちあがり、デスクの前にまわりこんでひたとマイケルを見すえた。

「君を呼んだのは、書類の職業欄に失業中と書いてあったからだ。でたらめだろ?」

マイケルは黙ったまま、ポープを見つめ返している。その沈黙は、ポープの言葉を肯定しているのと同じだった。

「君は建築設計士のはずだ」

ポープはずばり切り出すと、マイケルを隣室へ誘った。そこには1メートル四方ほどの台座に寄せ木作りのタージマハルの模型が置かれていた。それは彼が職務の合い間に製作中のものだった。

「タージマハルはムガル帝国の皇帝が、妃への永遠の愛の証として建てたものだ」

ポープは建築設計士のマイケルに言わずもがなの説明からはじめた。それから少々照れた表情になり、マイケルと目を合わせた。

「家内はこの話が好きでな。憧れてるんだ。刑務官の妻となった女性の苦労は、並大抵じゃない。だが、家内はこの39年間、一度も不満を漏らしたことがない。なのに私は礼を言ってない。なかなか口では言えなくてな。そこで礼の代わりにこの模型を作ったんだ。6月で結婚40周年になる」

打ち明けながら、ポープはマイケルを目でうながして模型の正面にまわりこみ、腰を落として入り口部分からタージマハルの中をのぞきこんだ。マイケルも彼に倣ってしゃがむ。

「見てくれ。困ってるんだ。これ以上、いじると全体が崩れてきてしまいそうなんだ」

天井部分が大きくたわんでいて、支えの木片が幾つも不細工に渡されている。

「君の力を借りたい。週に3日、ここに来てこれを作ってもらえないか？　自由時間は減ることになるが」

「それはできません」

マイケルにきっぱりと断られ、ポープは意外な面持ちになって彼を見つめた。喜んで引き受けるものとばかり思っていたのだ。所長室で模型作りをするなど受刑者にとっては願ってもない特別待遇で、普通なら有頂天になるはずだった。だが、マイケルはかたくなな表情をしている。ポープはさすがに顔を強ばらせた。

「いいかね。ここで私に貸しを作っておいたほうが利口だぞ」

「それはよく分かってます」

ポープはマイケルの気持ちを量りかね、すばやく考えをめぐらせた。命令して無理やり作らせることもできるが、それは自分の主義に反する。

「ならもう用はない」

ポープはマイケルに命令する代わりに、ドアの外へ向かって声を張りあげた。

「刑務官！」


日曜の午後、ベロニカとセバスチャンは明るい日差しが射しこむ窓辺のカウチに並んで腰かけ、結婚式の招待状のサンプルに目を通していた。

「堅苦しすぎるわ……。こっちは味気ないわね」

そのサンプルのファイルは、なかなか結婚式の日取りを決めようとしないベロニカに業を煮やしたセバスチャンが取り寄せたものだった。ベロニカは一応、目を通しはじめたものの、やはり決めかねている。

「遅かれ早かれ、どれか選ばなきゃならないんだぞ」

「時間はあるわ」

「あるとは言えないよ。どこかで思い切って決断しないと」

実際のところ、セバスチャンは招待状など、どれでもよかった。結婚することが肝心なのだ。

だが、ベロニカは定番となっている言い訳を口にした。

「焦って決めたくないの。一生に一度のことなんですもの」

セバスチャンはため息をついてサンプルのファイルをテーブルに戻し、彼女に向き直った。

「なあ、一つ聞いていいかな?」

「なあに?」

「結婚を先に延ばしたいのか?」

「どうして?」

「迷ってるんじゃないかと思ってさ」

「まさか。迷ってなんかないわ。本当よ」

セバスチャンはこのところずっと気になっていた疑問を思い切って口にした。

「どうしても考えてしまうよ。もしかしたら君はまだ彼を……」

「違うわ」

ベロニカは言下に否定し、唇を寄せてきた。

「愛してるわ。あなたの妻になりたいの」

いつもの繰り返しだ。愛してやまない婚約者とキスを交わしても、セバスチャンの胸は晴れることがなかった。

5

リンカーンの一人息子LJ・バローズは、父親と大好きな叔父のマイケルが、相ついで刑務所に入ったことにショックを受けていた。しかも父親は死刑囚だ。母親のリサは昨年、かなり年が離れた男と再婚し、LJにも裕福でまともな父親できた。だが、LJは激変した周囲の環境に戸惑い、鬱《うつ》々とした日々を過ごしていた。

その日、LJは友達のブライアンと自転車に乗り、路地裏に建つ古びたビルの通用口へとやってきた。自転車を停めて通用口のブザーを押そうとしたLJを、ブライアンがあわてて呼び止める。

「なあ、LJ。待てよ」

「なんだよ?」

「なんだか怖いよ。ヤバいんじゃないか?」

「うまくいくって。心配ないよ」

LJは自信たっぷりに断言したが、実のところはブライアン同様不安だった。だからこそ彼を誘ったのだ。

ブザーを押すとすぐにドアが開き、チンピラ風の若い男が出てきた。男は何も言わずに通用口の前に停まっている車へ向かうと、トランクを開けて床をはがし、中から麻薬の包みを取り出した。それをLJが背負ってきたバックパックにすばやくしまいこむ。

男はトランクを閉めてLJに念を押した。

「間違えるなよ。金曜だ。土曜でも日曜でもねえ、金曜だ」

「了解だ」

LJはバックパックを背負い直しながら、虚勢を張って事もなげに答えた。そのかたわらで、ブライアンは緊張した面持ちで俯《うつむ》いている。

男はさらに注意を与えた。

「100と5と1の札はだめだ」

「分かってる。10と20ドル札だけだろ?」

LJは任せておけとばかりに拳《こぶし》で軽く男の胸を叩き、ブライアンとともに自転車に飛び乗った。どうということもない。麻薬の密売なんて簡単だ。そう思いながら、LJがブライアンとともに路地裏から表通りに出ていこうとしたとたん、サイレンの音が聞こえ、白いセダンに行く手を塞がれた。

「警察だ! 動くな!」

驚いて自転車を乗り捨て、逃げようとしたそのとき、背後からも車が迫ってきて挟み撃ちにされ、2人はその場に立ちすくんだ。警察はLJたちが路地裏に入る前から張りこんでいたのだった。

リンカーンの別れた妻リサ・リックスは、息子のＬＪが麻薬の不法所持で逮捕されたことにショックを受けていた。初犯だったし、未成年ということで、今回は保護観察処分で済んだが、息子への憤りは治まらなかった。

「マリファナ900グラム？　つかみ取り大会でもしたの？」

オークパークの閑静な高級住宅街にある家に戻ってきたＬＪに、リサはキッチンで食事を与えながらも厳しい口調で問いただしにかかった。だが、ＬＪはニヤニヤするばかりだ。その表情も、ブラウンの髪の色も、仕草も、別れた前夫リンカーンにそっくりだ。リサの怒りは増幅した。

「笑い事じゃないでしょ。刑務所行きになるところだったのよ。やっぱりお説教をしてもらわないと」

そのときちょうど、出勤の身支度をした夫のエイドリアン・リックスがキッチンに入ってきた。エイドリアンは大手証券会社の重役で、36歳のリサとは15歳も年が離れていた。まだまだ若く魅力的なリサに比べ、彼のほうは髪がすっかり白くなっていて、似合いのカップルとは言いがたい。それでもリサは、安定した暮らしを求めて結婚に踏み切った。ＬＪのためにも殺人の罪を犯して死刑囚となったリンカーンとは完全に縁を切り、息子の後ろ盾となってくれる立派な夫がほしかったのだ。

リサの怒鳴り声は、キッチンの外まで聞こえていたらしい。エイドリアンはＬＪのほうをまったく見ようとはせずにため息をつき、自分の朝食の皿を手にするとリサにキスをしてそそくさとダイニングのほうへと姿を消した。

義理の父親に無視されたことに腹を立てたのか、ＬＪが皮肉たっぷりに口を開いた。

「あの爺《じい》さんからの説教かい？」

「やめて。彼はいい人よ」

「僕にはただの他人さ」

リサは隣室のダイニングで聞き耳を立てているであろうエイドリアンの悪口を、これ以上、息子に言わせたくなかった。そこで口調を和らげ、話題を変えた。

「いったいどうしちゃったのよ？　先学期はほとんどAなのに……」

頭の隅では分かっていた。実の父親が死刑囚であるという現実と、生活環境が激変したことが問題なのだ。だが、今度こそ幸せになりたいと願っているリサは、自分の再婚のせいだとは思いたくなかった。

「原因はパパね？」

ＬＪは顔色を変えた。

「僕にパパはいない」

「だったら私はどうやってあなたを産んだっていうの？」

リサはため息をついて言葉をついだ。

「今度、面会に行きましょう。会うべきだわ」

リンカーンが刑務所に入ってからリサ自身はもちろんのこと、ＬＪは一度も面会には行っていない。だがリサは、刑務所の中にいる父親の姿は、ＬＪにとっていい反面教師になるだろうと考えたのだ。

ＬＪは脅えたような表情になって目で訴えている。リサはそんな息子の視線を無視してキッチンカウンターの食材を片づけはじめた。すると、ＬＪは声に出して言った。

「ママ、会うのは嫌だ」

「私だって面会は気は進まないけど、このままにしておけないわ。会いたくなくても会うのよ。あなたが人生をだめにする前にね」

リサは有無を言わさぬ態度で息子をにらみつけ、エイドリアンのもとへ向かった。やっとつかんだ平穏な暮らしを、だれにも壊されたくなかった。

6

「ほかの刑務所に送られたら、どうするつもりだったの？」

マイケルがフォックスリバー州立刑務所に入所して1週間ほど経ったその日、突然、面会に訪れたベロニカに図星を差された。死刑囚と違い、一搬の受刑者の面会所はカフェテリア形式になっていた。受刑者は手錠をかけられることもなく面会者と直接向き合い、自販機で売っているコーヒーなどのドリンクを飲んだり、ゼリーやアイスクリームを食べながら話をすることができる。皆、深刻な表情でささやき合っていて、監視している看守さえいなければ、まるで病院のカフェテリアのようだった。

マイケルは内心の動揺を顔には出さずに笑みを浮かべた。

「ここにいるのと同じようにくつろいでるさ」

だが、ベロニカの目はごまかせなかった。

「お兄さんと同じ刑務所に入ったのは、偶然じゃない。あなたたちのことはよく分かってるわ。こんなの間違った兄弟愛よ。お兄さんはあなたを厳しく教育したはずなのに、そのお兄さんのために刑務所に入るなんて……。目的は何？　救うため？」

マイケルはポープ所長のときと同じように肯定も否定もせずに黙りこんだ。

「教えて。私もあなたと同じくらい彼を愛してたのよ」

「僕は今も愛してる」

マイケルの嫌味に、ベロニカは表情を強ばらせ、早口にまくし立てた。

「私は彼とやり直そうとした。無茶ばかりする彼に無条件に愛情を注いだわ。そんな私を捨てたのは、彼のほうよ」

そのとおりだった。悪いのは兄のほうだった。昔、リンカーンはベロニカとつき合う一方で、リサを妊娠させた。そのためにベロニカと別れ、リサと結婚せざるを得なかったのだ。当時、まだ10代だったマイケルは、姉のように慕っていたベロニカが突然、姿を見せなくなったことにショックを受けたものだった。

リンカーンは結局、リサとはうまくいかずに離婚した。そして殺人の容疑で逮捕される少し前に、ベロニカとヨリを戻したのだが、長くはつづかず、二人は再び別れてしまっていた。その間の事情はマイケルには分からなかったが、何かとトラブルばかりを背負いこむ兄に、ベロニカが愛想を尽かしたのだろうと考えていた。

「君が去って、兄さんが傷ついたと思うことは?」

それには答えず、ベロニカは目に涙を浮かべて訴えた。

「こんなことやめて。何をするにしても、ほかに方法があるわ。あなたの件でも上訴を進めてるところよ」

マイケルは驚いて声を荒げた。

「やめてくれ」

「お兄さんのことは、司教に頼んだわ」

「せいぜい延期がいいとこさ」

吐き捨てるように言ってから、マイケルは辺りをすばやく見まわして声を潜めた。

「力になりたいなら、兄さんをハメた奴を捜せ」

ベロニカは呆気にとられた顔つきになったが、一瞬後には哀れむような表情に変わり、きっぱりと言った。

「そんな人はいないわ。彼の犯行を示す証拠が揃ってる」

「捏造《ねつぞう》された証拠だ」

マイケルが語気鋭く言い返したとき、看守の声が聞こえた。

「面会時間は終了」

ついでベルの音が鳴り響く。立ちあがったマイケルとベロニカはどちらからともなく抱擁を交わした。

「体に気をつけて」

マイケルはベロニカの温もりに胸を詰まらせながらささやいた。

「だれかが兄さんを葬ろうとしてる。僕らの知らない何かがあるんだ」

ベロニカは体を離し、ひたとマイケルの目を見すえた。

「あなたは絶望のあまり現実を受け入れられないのよ」

「かもな。それでも兄さんを見殺しにはしない。絶対に」

マイケルの揺るぎない言葉を聞くと、ベロニカは黙って俯き、足早に立ち去っていった。

看守に伴われて運動場から戻ってきたリンカーンの目に、廊下の先にある鉄格子の扉ごしに、面会所の受付で退出のサインをしているベロニカの姿が飛びこんできた。

おそらくマイケルに面会に来たのだろう。ベロニカはリンカーンに気づくことなくサインを済ませ、外へ向かっていく。リンカーンもすぐに看守にうながされて独房へ向かったが、数年ぶりに垣間見た彼女の姿に、その胸は少なからず波立っていた。


フレドリック・マクモロー司教が住まう司教館は、シカゴ郊外の古きよき町エバンストンにあった。かの有名な建築家フランク・ロイド・ライトが考案したプレーリースタイルの瀟洒《しょうしゃ》な邸宅だ。

わざわざワシントンから訪れたシークレットサービスのケラーマンとヘイルを、法衣姿のマクモロー司教自ら愛想よく出迎えた。五〇代半ばの堂々とした体軀のマクモローは、鷹揚《おうよう》とした雰囲気を漂わせ、慈愛に満ちたまなざしをしている。

司教は白大理石の廊下の先にある書斎にケラーマンたちを案内すると、ドレープたっぷりの緋色のカーテンが縁取る窓辺を背に重厚な革張りのソファに腰を下ろし、マホガニー製の大きなデスクを挟んで二人と向き合った。

「バローズのことで何か？」

ケラーマンは事前にアポイントを取った際、訪問の理由を伝えてあった。

「あなたは知事に大きな影響力をお持ちだ」

「影響力というのは違いますよ。ただの友人です」

「あなたは死刑制度に反対の立場ですね？」

司教は少しの気負いもなく淡々と答えた。

「賛成するとでも？　神に仕える身なら当然です」

ケラーマンは権力者に仕える者特有の厚かましさをにじませ、訪問の目的を明らかにした。

「バローズの件では、その立場を少し変えていただきたいのですが？」

とたんに、司教の顔に緊張が走った。

「死刑囚に救いを求められて、どうして背を向けられましょうか？」

その語り口は穏やかだったが、決然とした意思がこめられていた。

「質問に質問で答えるのは、癖ですかな？」

ケラーマンは嫌味で応酬した。だが、司教も負けてはいなかった。

「あなたの質問が悪いのでは？」

ケラーマンは鼻で笑ってかたわらのヘイルと意味ありげに顔を見合わせてから、再び口を開いた。

「聞き入れていただけないと？」

「はっきりそう申しあげているつもりです」

丁重な口調とは裏腹に、司教の目には怒りの色が浮かんでいる。ケラーマンはわざとらしいため息をつき、話題を変えた。

「あなたは今、62歳になられたんでしたね？」

司教が用心深げに身構える。

「ええ」

「では現行の税金制度についてもよくご存知でしょう。個人資産を教会のものと偽ることは、脱税行為ですよ」

聖職者として一生を神に捧げている司教のような場合、ほとんどの所有物は教会の資産として登録されているのが普通だった。ケラーマンはそこを逆手に取ったのだ。

「脅されても、信念を曲げたりはできません。相手がだれであってもね」

司教はもう怒りを隠そうはしなかった。これ以上、話しても無駄《むだ》だと判断したケラーマンはすばやく立ちあがった。

「さすがだ。では失礼します」

ヘイルも彼にしたがう。

「ケラーマンさん、なぜシークレットサービスがバローズのことにこだわるんです？」

司教に呼び止められ、ケラーマンは振り返った。

「我々は副大統領付きの捜査官です」

精肉工場のマッジオからの連絡を、運動場に設置された電話ボックスで受けたアブルッチは耳を疑った。

「なんだと?」

〃ですから、フィバナッチが生きてるんです。写真が届いたんですよ。ひげを生やし、サングラスで変装してますが、間違いなく本人です。明らかに警察の証人保護を受けてますね〃

憎んでも憎みきれない密告者オットー・フィバナッチが生きている! その事実だけでもアブルッチには十分衝撃的なことだったが、警察の証人保護を受けているとなるとゆゆしき問題だった。何もかも暴露され、組織は壊滅的な打撃をこうむることになる。

そもそもアブルッチが塀の中でも悠然と過ごしていられるのは、組織が家族の生活の面倒を見てくれ、ここの看守たちの口座に——とりわけ看守長のベリックに——心づけを振りこんでくれているからだ。それはアブルッチが120年の懲役刑を受けても、一斉口を割らずにいる代価だった。だが、フィバナッチにしゃべられてしまっては、アブルッチの努力もすべて水の泡になってしまう。

アブルッチは動悸が早まるのを感じながら、電話の向こうのマッジオにたずねた。

「写真を送ってきたのは何者だ?」

〃差出人の名前はありませんでした。ただ封筒の中に紙で折った鳥が入ってただけです〃

それを聞いたアブルッチの頭は一気に熱くなった。

「折り紙の鳥か?」

〝ええ、そうです〟

あの野郎！　ただでは済まさんぞ。アブルッチは歯ぎしりしながら受話器を置くと、マイケルの姿を捜して運動場を見渡した。

そのときマイケルは運動場の隅に立ち、排水溝にさりげなく目を落としていた。先日、診療室の排水溝から落とした折り紙の鳥が流れてきている。それは、マイケルが入所2日目に漂流物を堰き止めるために落とした雑誌に阻まれて止まっていた。やはり事前に塀の外で考えていたとおりだった。診療室の排水溝はここにつながっているのだ。

マイケルはふとだれかの視線を感じて振り返った。猫を懐に抱いたあの老人が、自分を盗み見ていた。目が合うと、老人は読んでいた本に視線を戻した。相変わらず皆から離れて1人でベンチに座っている。マイケルはおもむろにベンチに歩み寄り、彼の隣に腰を下ろした。

「チャールズ・ウエストモアランドだろ？」

老人はここではその名前で呼ばれていた。ウエストモアランドは本に視線を固定したまま聞き返した。

「あんたはだれだ？」

「生前の奥さんの知人だ」

「マーラのか？」

マイケルは鋭く訂正した。

「アンだろ？」

「妻とはどこで知り合った?」

「ボストンで会った」

「ファーミントン?」

「ウィルミントン」

ウエストモアランドはニヤリとして、ようやくマイケルのほうへ顔を向けた。

「テストは終わりだ。私のことに詳しいな。君の名前は?」

「マイケル・スコフィールドだ」

マイケルは彼が抱いている猫を目で示して問いかけた。

「そいつをどこで?」

よほど猫を可愛がっているらしく、ウエストモアランドは真顔で抗議した。

「そいつはひどい。名前はマリリン。昔からいる。囚人にペットが許されていた時代の生き残りだ」

「あんたの本名はD・B・クーパーだって?」

マイケルがさりげなくたずねると、ウエストモアランドは深々とため息をついた。

「新入りは皆、私がクーパーだと教えられるんだ。チャールズ・ウエストモアランドの正体は、D・B・クーパーだとね。私は毎回、そいつらに言ってる。武勇伝を聞きたいか? 残念だが、それは無理だ。私はクーパーじゃないってね」

マイケルはあっさりと引き下がった。

「残念。本当ならいいと思ってた。伝説的な人物だから」

「私も本当ならいいと思うよ。150万ドルを外に隠してるそうだ」

彼こそD.B.クーパーだと確信していたマイケルだったが、本人が簡単に認めるはずもない。そのとき前方から血相を変えたアブルッチが手下たちをしたがえ、マイケルめがけて近づいてきた。それを見たウエストモアランドは言った。

「私ならすぐ逃げるね」

実際、彼はそうした。だが、マイケルは動かなかった。アブルッチが目の前にやってくると、マイケルはベンチに座ったまま先に口を開いた。

「俺を雇っておけばよかったんだ」

「いったいなんの真似だ?」

「この塀の外へ出られたら、逃走を手伝う者はいるか?」

「なぜ聞く?」

「ただの好奇心さ」

「フィバナッチはどこだ?」

「そう簡単には言えない」

マイケルの返事を聞いたアブルッチは、黙ったまま後ろに下がった。すると彼の背後に控えていた巨漢の男が2人、前へ出てきた。マイケルは少しもひるむことなくすっくと立ちあがって身構えた。

「かかってこいよ。来ないなら俺から行くぞ」

「できるかな？」

アブルッチがそう言ったとたん、男の1人がマイケルの腹にパンチを叩きこんだ。うめき声をあげてかがんだマイケルは、つぎの瞬間、身を起こしざまアブルッチの顔面を殴りつけた。だが、たちまち手下の男たちに腕をつかまれ、ベンチに突き飛ばされてしまった。

男たちはマイケルをベンチに押しつけて身動きができないようし、棒切れで背中を打ちすえはじめた。まわりにいた囚人たちが集まってきて、まるでボクシングの試合でも観戦するかのようにはやし立てる。男たちはさらにマイケルを地面に倒し、めった打ちにした。

このときになって監視塔の看守がようやく騒ぎに気づき、ライフルで威嚇射撃を仕掛けてきた。サイレンが鳴り響き、運動場にいた囚人たちは一斉に頭を抱えて地面にうずくまった。アブルッチは両手をあげて地面にひざをつきながら、倒れているマイケルを盗み見て毒づいた。

「舐《な》めやがって！」

つぎの瞬間、看守が飛んできて、アブルッチは地面に押し倒されてしまった。


「君には失望した。まさかあんな騒ぎを起こすとはな」

夜になって、マイケルは所長室へ呼び出された。結局、アブルッチはうまく言い逃れ、マイケル1人が悪者にされたのだ。

「あんな行動は許せん。懲罰房に90日、拘禁する。十分反省しろ」

俯いて所長の叱責を受けていたマイケルは、驚いて顔をあげた。

「90日？」

「そうとも」

予想外の事態に、マイケルはごくりと唾《つば》を飲んで所長のデスクの卓上カレンダーに目を走らせた。

4月11日。

兄リンカーンの死刑執行まで、あと1ヶ月しかない。懲罰房に入れられたら、その間に兄は殺されてしまう。なんとかしなくては……。マイケルはカレンダーを見つめたまま必死に考えをめぐらせて立ち尽くしていた。

「どうした？」

所長が怪訝な顔になって訊いてくる。マイケルはとっさに考えを定めると、唇を舐めて前に進み出た。

「懲罰房に入ったら、所長のお役に立てません」

「役に？」

「タージマハルの模型です。あのままでは接合部に重量がかかりすぎ、崩れてしまいます」

「重量のかかりすぎ？」

「ええ、そうです。垂直方向の荷重を支えきれない」

案の定、所長は身を乗り出してきた。

「何日で直せる?」

「6月までに完成させたいんですよね?」

「そうだ」

「じゃあ、すぐはじめなくては。そうでしょう?」

マイケルはそう言って、所長の目をのぞきこんだ。

7

夜も更けて、マクモロー司教の司教館は鎧戸《よろい》が閉ざされ、薄暗がりの中にひっそりとした佇《たたず》まいを見せていた。司教の寝室はカーテンもベッドもラグもすべて緋色で統一され、スタンドの小さな明かりが、アンティークのキングサイズのベッドに横たわるこの家の主《あるじ》の寝顔をほのかに照らし出している。

突然、壁ぎわのキャビネットの上に置かれたキリスト像の前を人影がよぎり、かすかな物音があがった。その気配でマクモローは目を覚ました。だれかいる！

「だれだ？」

目をしばたたきながら頭をもたげたとたん、マクモローの眠気は一気に吹き飛んだ。つぎの瞬間、サイレンサー付きの拳銃から一発の銃弾が彼の額に撃ちこまれた。


ベロニカがオフィスに出勤してまもなく、ドアがノックされて秘書のウェンディが豊満な体いっぱいに緊張感を漂わせて入ってきた。

「昨夜、マクモロー司教が就寝中に殺されたそうです」

一瞬、ベロニカは自分の耳を疑って、ヒスパニック系のウェンディの小麦色の顔をぽかんと見つめた。

「一応、お耳に」

ウェンディが出ていくと、ベロニカは我に返って考えをめぐらせはじめた。聖職者であるマクモロー司教が殺害されたことと、自分がリンカーンの件で彼に嘆願書を送ったことは、無縁ではないはずだ。あの司教なら間違いなく知事に働きかけただろう。リンカーンが処刑されなければ困る人間がいたとしたら、司教がなんらかの行動を起こす前に抹殺しようと考えても不思議ではない。

ふうと息をついて椅子の背に体を預けたベロニカの目に、壁一面に貼られた1年分のカレンダーが目に飛びこんできた。

5月11日。

その日付を、ベロニカは赤いマルで囲っていた。リンカーンの裁判は異例のスピードで結審し、上告も棄却されている。あまりにも不自然だった。

「マイケルの言うとおりかもしれない」

そうつぶやくと、ベロニカは引き出しの奥から茶封筒に入った分厚いファイルを取り出し、デスクの上に広げた。それはリンカーン・バローズの供述書のコピーだった。以前にも調べていたが、何か見落としていたのかもしれない。リンカーンの死刑執行まであと1ヶ月。急がなければならなかった。

独房のあるブロックの通路には、〝改悛《かいしゅん》に手遅れはない〟という色褪《あ》せた文字が書かれていた。だが、死刑執行まであと1ヶ月となった今、リンカーンにとっては何もかもが手遅れだった。

家族を捨てた父親に怒り、絶望し、自暴自棄になって裏社会に出入りし、他人につけ入る隙を与えてしまった。無実の罪を着せられたのも、突き詰めてみれば、ひとえに自分の考えの甘さが招いた結果だった。いくらでもまっとうな道を歩めたものを、自ら放棄したのだから天罰が下ったのだとあきらめることもできる。

だが、弟の人生までも台なしにしてしまったことには、いくら後悔しても後悔し足りなかった。自分の不毛の人生でたった一つ誇れるものがあるとすれば、それは弟を立派に成長させたことだ。ところがマイケルは無謀にも自分を脱獄させるために、すべてを投げ打って刑務所に飛びこんできてしまった。リンカーンは弟の身が心配でならなかった。

若くてハンサムでうぶに見えるマイケルは、刑務所の中に巣食う強姦魔たちの格好の餌食になってしまうだろう。そんなときの対処法など、ここではだれも教えてくれない。看守でさえ見て見ぬふりだ。

礼拝や運動場に出たおり、リンカーンはマイケルの姿を垣間見るたびに、顔にあざや傷ができていないか目を凝らした。今のところはまだ大丈夫のようだったが、弟の身を案じるリンカーンの心は千々に乱れていた。

リンカーンが独房のベッドに横たわって焦燥感に駆られていると、通路の先の扉が開く音が聞こえ、看守の足音が近づいてきた。囚人の常で、房の外の物音に敏感になっている彼の耳は、足音だけで看守を判別できるようになっていた。監房の鍵束をことさらガチャガチャ鳴らしながら足首にキックをきかせて歩いてくるのは、あと数年で定年を迎えるベニング看守に違いない。

リンカーンは彼の足音がどこの房で止まるか耳を澄ました。午前中のこの時間に看守がやってくる場合は大抵、だれかに面会人があったからだ。面会は刑務所の中での数少ない楽しみの一つだったが、弟のマイケルが刑務所に入ってからはリンカーンに面会人はなかった。

ところが足音はリンカーンの房の前で止まり、扉の小窓からベニングがコーヒー色の顔をのぞかせた。

「シンク、面会人だ」

リンカーンは心当たりがないまま、腰にまわされた鎖とつながった手錠と足枷《あしかせ》をはめられた姿で面会所へ出ていき、フェンスに囲まれた獣の檻のような面会室に入った。強化アクリル板の仕切りの前で待っていたのは、思いもかけない人物たちだった。

「この子、捕まったの」

別れた妻のリサが挨拶《あいさつ》もなく硬い表情で息子のLJを前に押し出した。数年ぶりに会う元妻と息子だったが、リンカーンもまた挨拶など口にできる立場ではない。

「どうして?」

「マリファナ所持よ」

リンカーンはショックのあまり言葉を失って息子を見やった。LJは肩をすくめ、ふてくされている。リサが上目遣いにリンカーンを見て言った。

「父親らしくお説教して。あなたが……」

リサが口ごもると、リンカーンは皮肉っぽくあとをつづけた。

「死ぬ前に？」

「そういう意味じゃないわ」

リサはいっそう顔を強ばらせたが、窓から射しこむ明るい日差しの中で見る彼女はまぶしいほどに輝いていた。ブロンドの髪は艶《つや》やかで美しさに磨きがかかり、満ち足りた暮らしをしているようだ。ほかの男と一緒になって幸せそうにしている元妻を前にして、リンカーンは惨めな気分におちいった。第一、息子に手錠をかけられた姿など見られたくはなかった。だが、気持ちを奮い立たせて笑みを浮かべた。

「分かってる。任せろ」

リサは死刑囚の前夫になんの言葉をかけることもなく、そそくさと離れていった。

「座れ」

リンカーンはLJに仕切り板の前の椅子を目で示し、自分も椅子に腰かけて向き合った。二度と会えないと思っていた息子を目の前にして、リンカーンの胸中は穏やかでなかったが、務めて淡々とした口調で話しはじめた。

「吸ってるのか？　運んだだけか？」

LJは虫けらを見るような目をして聞き返した。

「なんか違いがある？」

「マリファナを持ってれば、友達に自慢できるとでも思ったのか？　せっかくのいい暮らしを台なしにするな」

「ああ、僕は恵まれてるよ。心を入れ替えてオールAを取り、ハーバード出の歯医者にでもなれって言うんだろ？」

リンカーンはかつての自分そっくりの息子を、目を細めて見つめた。

「ここに入るよりはいい。親に反抗しても、自分のためにならないぞ。俺も親父に仕返ししようとして、結局、この有り様だ」

父親らしい言葉を息子に遺せるとすれば、おそらくこれが最後のチャンスだろう。リンカーンは精いっぱいの気持ちをこめて語りかけた。

「パパを愛せとは言わない。その権利はもうとっくに失くしている。自分を愛せ。今ならまだ間に合う」

「これが父親の説教？」

LJは嫌味たっぷりに問いかけながら立ちあがった。

「どこへ行く？」

「宿題があるから」

そっけなく答える息子を、リンカーンはまぶたに焼きつけようとまじまじと見つめ、かすれた声を振り絞った。

「パパは死刑になる。1ヶ月後には死んでる。分かるか?」
だが、LJから返ってきたのは、氷よりも冷たいまなざしだった。
「僕にとっては、とっくに死んでる」

フォックスリバー州立刑務所には、ポープ所長の計らいで夫婦面会室なるものが設けられていた。その部屋はプライバシーが保てる——看守が薄いドアの外で聞き耳を立てているので、完全とは言えなかったが——個室で、ベッドが備えつけてあり、模範囚であれば面会に来た妻とセックスを楽しむことができる。この部屋を利用できるのは既婚者だけだったが、しだいに婚約者がいる者にも認められるようになっていた。

というのも塀の中では半ば慣習になっている男色行為を、ポープが忌み嫌っているからだった。当初は男色行為による犠牲者や揉《も》め事を減らす目的で設けられた制度だったが、実施してみると期待した以上の効果があった。揉め事が減ったばかりか、模範囚になろうと努力する者が増えたのだ。根っからの同性愛者ではないかぎり、男の尻を借りるより夫婦面会室を利用したほうがいいに決まっている。

所長の目論見は大成功だったが、それでも男色行為の慣習がなくなったわけではなかった。塀の外に妻や恋人を持っていない者も大勢いるし、同性愛者や刑務所に入ってからその道に目覚める者もいたからだ。

その日、スクレはプロポーズをした恋人のマリクルースを待って、夫婦面会室の中をクマのようにうろうろと歩きまわっていた。スクレはまだマリクルースの返事を聞いてなかった。この部屋を利用する許可を取ることに成功したものの、彼女が面会に現れないのではないかと思うと気が気ではなかった。

面会時間は午前10時から30分間の予定だったが、すでに15分が過ぎている。このままでは待ちぼうけを食らったまま面会時間が終わってしまう。

「クソッ！」

もうだめかとあきらめかけたそのとき、ドアが開き、小さな花束を手にしたマリクルースが緊張した面持ちで入ってきた。レザーのミニスカートにブーツ、厚手のパーカー風の白いジャケットをはおった彼女は、まるで太陽にようにまぶしく輝いていた。

いよいよ運命のときだ。スクレが言葉もなく立ち尽くしていると、マリクルースはにっこりと笑った。

「イエスよ！」

スクレの心臓はキュンと跳ねあがった。

「なんだ？　イエスって、つまり……」

「ええ、イエスよ！」

「やった！」

ガッツポーズをするスクレの腕の中にマリクルースが飛びこんできて、2人は互いの唇をむさぼり合った。その熱いキスの合い間に、マリクルースはあえぎながら念を押した。

「でも、ママが出所するまでだめって」

「もちろんだ」

「あと、式は教会でやってほしいって」

「分かった。大丈夫さ」

「カトリックの教会よ」

「当然、カトリックだ」

スクレは息も切れぎれに応じて彼女の服を脱がすと、どちらからともなくベッドになだれこんだ。


「ロヨラ大卒?」

診療室に呼ばれたマイケルに、サラが訊いてきた。

「俺の記録を調べたのかい?」

「患者を知るためよ。私は2年後にノースウエスタン大を卒業してるの」

「街で会ってたかも。一緒に飲んでたりして」

こんなところで出会ったのでなければ、彼女とはいい友達になれただろう。マイケルはそう思いながら、カルテに目を通しているサラの理知的な顔を好ましげに見つめた。

「会えば覚えてるわ。忘れない」

「それ、お世辞?」

「いいえ」

そう答えたサラの目がカルテのある欄に釘づけになった。

「何?」

マイケルが問いかけると、サラは訝しげにつぶやいた。

「血糖値が50ミリグラム/デシリットルなの」

「だから?」

「低血糖よ。糖尿病ならインスリンにこんなに反応しないわ。本当にI型糖尿病なの?」

サラに懐疑的なまなざしでまっすぐに見つめられ、マイケルは内心、たじろぎながらも平静をよそおった。

「子供のころからずっとさ」

「そう。手首の震えや冷や汗が出たりすることは?」

血糖値は高すぎても低すぎても体に支障が出る。高い場合は疲れやすいとか、頻尿、喉《のど》の渇き、体重の減少などの糖尿病の症状が現れ、逆に低い場合は冷や汗、動悸《どうき》、手首の震えなどの症状が起きることがあった。

実はマイケルがI型糖尿病と申告したのは、診療室に頻繁に出入りする目的があったからだ。診療室の担当医リサ・タンクレディについて事前に調べてあったのは、そのためだった。だが、必要のないインスリンを注射しているせいで、マイケルは低血糖状態におちいっていた。

マイケルが口を開きかけたそのとき、電話が鳴った。サラが席を立って電話に出ると、マイケルは窓辺へ行き、外を眺めるふりをして診療室から塀へ向かって延びている太いケーブルを観察した。2階部分にある診療室の北側の窓は、塀までごく近かった。

マイケルが手に震えを感じて握り締めていると、電話を終えたサラが振り返った。

「今度、検査してみましょう。不要なインスリンは逆効果よ」

「そうだね」

うなずいたものの、マイケルは窮地に立たされていた。すぐにでも抗インスリン剤を手に入れなければ、糖尿病でないことが発覚し、脱獄計画そのものが頓挫《とんざ》してしまう。IQ200の頭脳で練りに練った完璧な計画のはずだったが、実際に刑務所に入ってみると早くも綻《ほころ》びが見えはじめていた。


スクレは服をつけながらマリクルースに満足げな笑みを向けた。

「ここまでどうやって来た？」

「分かるでしょ？」

マリクルースも満ち足りた表情で手早く身支度を整えている。

「分からないよ」

「だから……ヘクターよ」

その名前を彼女が口にしたとたん、スクレの表情は一変した。

「なんだって?!」

「バス代がなかったから、ヘクターに送ってもらったの。すごくいい人よ」

ヘクターはスクレの従兄弟《いとこ》だが、女癖が悪かった。

「ただの友達よ」

マリクルースは彼の太腿《ふともも》に手を這わせてなだめようとしたが、スクレはその手を払って立ちあがった。

「ただの友達なもんか！　俺は奴をよく知ってる。何時間も車の中で2人っきりで、ただの友達で済むもんか！」

そのとき、ドアが激しくノックされた。

「色男！　時間だ」

冷やかすような看守の声が聞こえてくる。焦燥感に駆られて立ちすくむスクレに、マリクルースはキュートな笑みを浮かべて抱きついた。

「ねえ、心配しないで。あんたと結婚するんだから」

スクレは彼女にキスで応えたが、囚われの身では不安が募るばかりだ。

「お前は信じてるが、心配なのはヘクターだ」

「あと16ヶ月の辛抱よ」

マリクルースはスクレに思い入れたっぷりのキスをしてドアへ向かった。外へ出る瞬間、彼女は振り返り、投げキスをしてささやいた。

「愛してるわ」

いとしい恋人が女たらしの男の車へと戻っていく。スクレは為す術《すべ》もなくドアをにらみ、唇を噛《か》み締めた。


午後、運動場へ出てきたマイケルは、シーノートと呼ばれているスキンヘッドの黒人の男に歩み寄った。

「スクレがあんたは薬局だと」

シーノートは近くにいるスクレのほうをうかがった。スクレが目で合図を送ると、シーノートは何げなさをよそおいながらマイケルにたずねた。

「なんの薬だ?」

「パグナック」

「俺の分かる言葉で言えよ」

話しながらも、シーノートは油断なく辺りに目を配っている。マイケルは告げた。

「抗インスリン剤だ。市販されている薬で、どこの薬局でも買える」

「なら診療室にある」

「もらえない」

シーノートが意外な面持ちでマイケルを見やる。

「なぜだ?」

マイケルはニヤリとして答えた。

「あそこでインスリンを打ってもらってる」

シーノートは声に出して笑った。

「イカれた野郎だな」

「手に入るのか？　どうなんだ？」

マイケルが口調に苛立ちをにじませると、シーノートは興味津々の様子で聞き返してきた。

「必要もないインスリンを打ちに、なぜ診療室に通ってるんだ？　わけを教えてくれたら考えてもいいぜ」

「あの女医が好きで」

マイケルはもっとも無難な言い訳をしてから、小さく折りたたんだ10ドル札を指の間に挟んで差し出した。

「頼めるか？」

シーノートはまるでスリのような早業でマイケルの指から札を抜き取り、何事もなかったかのように離れていった。

監房にいたマイケルのもとに看守がやってきて鉄格子を叩き、１枚のＩＤカードを差し出した。

「どういうわけかアブルッチがＰＩの許可証を渡せとさ。うまくやったな。これでお前も就労者の仲間入りだ」

マイケルは意外に思いながらそのカードを受け取った。アブルッチの意図がなんであるにせよ、これで兄と話をすることができると思うとうれしかった。

翌日、マイケルは診療室の廊下の壁のペンキ塗りに駆り出された。その刑務作業に就いている囚人たちの中には、ウエストモアランドと兄のリンカーンの姿もあった。だが、マイケルの思惑に反し、作業中は兄と話をするチャンスなどまったくなかった。

囚人たちは数メートル間隔で壁に向かって立たされ、黙々と白いペンキを塗っていなくてはならず、兄には近づくこともできない。互いにときおりそっと盗み見るしかなかった。もどかしさを募らせるうちに時間ばかりが経っていく。

作業終了の間際になって現場監督を務めるアブルッチがマイケルの背後に立ち、耳元でささやいた。

「大したもんだ。お前はガッツがあるな」

その言葉の意味をマイケルが考えていると、アブルッチが皆へ向かって声を張りあげた。

「よし、作業終了だ。片づけろ」

囚人たちは自分たちが使っていた道具を持ち、一列になってロッカールームへ向かった。ロッカールームのカウンターで道具を係の看守に返すときになって、リンカーンがすばやくマイケルの横に並んだ。

フェンスで仕切られたカウンターの中の看守たちが貸し出した作業道具をチェックしている

間に、リンカーンがマイケルに話しかけてきた。

「昨日、ベロニカを見かけた。今もあの男と婚約中か？」

「ああ」

「昔は俺と……」

未練をにじませる兄の言葉を、マイケルは腹立たしげにさえぎった。

「自業自得だ」

「リサとのことか？　わざと妊娠させたんじゃない。ばかだったよ。ベロニカと離れるんじゃなかった」

「結局、みんなから離れていったじゃないか」

「俺は疫病神なんだ。皆を悲しませる」

リンカーンは表情を曇らせて言うと、看守のチェックを済ませてロッカールームのほうへ向かった。ロッカーは扉が金網で鍵はかかっておらず、中がすべて見えるようになっている。マイケルも兄のあとにつづいた。

その様子を見ていたアブルッチに、先日マイケルを殴った手下の1人がたずねた。

「なぜ奴を仲間に入れたんです？」

アブルッチはロッカールームのベンチに腰を下ろしたマイケルを目で追って、憎々しげにうそぶいた。

「敵は近くに置くほうが安心だ」

一方、リンカーンは着替えながらベンチに座り、マイケルと向き合った。

「あの話、本気か？」

「もちろん本気だ」

マイケルはきっぱりと答えたが、リンカーンは懐疑的な目をしている。

「出られたとしても、金が必要だぞ」

マイケルは少し離れたベンチで靴を履き替えているウエストモアランドを見やった。

「手に入る」

「逃走を助ける者もいないと」

兄の危惧はもっともだったが、マイケルには勝算があった。

「それも当てがある。当人はまだ気づいてないが」

そう言いながら、カウンターの前に立って看守に作業日報を提出しているアブルッチに視線を投げかける。その視線を追ったリンカーンは、当惑した表情になって弟の顔をのぞきこんだ。

「見当もつかない。どんな計画なのか教えてくれ」

マイケルは兄に身を寄せ、小声で打ち明けた。

「5年前、シャパラル社がここの改築を請け負った。だが、担当者は設計を下請けの会社に回した。その下請けが、僕の勤めていた会社だったんだ。うちが改築プランを立て、綿密な図面をもとにタイル貼《ば》りまでやった」

マイケルは立ちあがってロッカーの前で作業着を脱ぎはじめた。俯いて考えこんでいたリンカーンは、床を見つめたまま弟に訊いた。

「設計図を見たのか？」

マイケルは薄く笑ってアンダーシャツを脱いだ。

「その設計図を体に描きこんである」

リンカーンが顔をあげると、そこには上半身一面に見事なタトゥーをまとった弟の姿があった。

「……冗談だろ？」

リンカーンは呆気にとられてタトゥーを見つめた。

「ただのタトゥーじゃないか。図面には見えん」

「じっと目を凝らしてみて」

マイケルに言われるままに、半信半疑の様子でタトゥーを注視していたリンカーンの目は、やがて驚愕に大きく見開かれた。

その芸術的な図柄には、無数の線が隠されていたのだ。それらの線は迷路のように延びて図面を形作り、マイケルの背中のほうへとつながっていた。それはまさに、ここフォックスリバー刑務所の詳細な設計図が秘められたタトゥーだった。

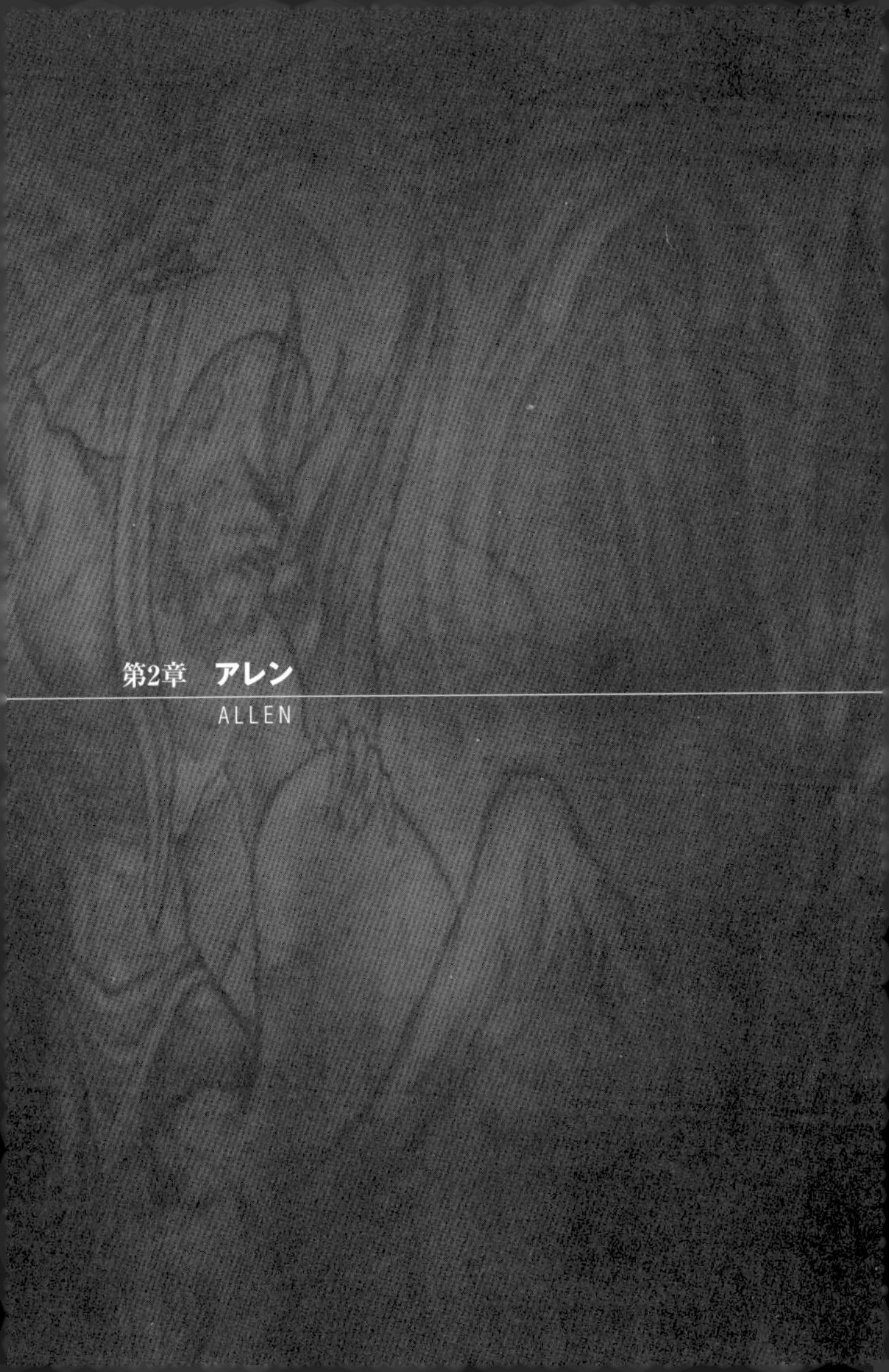

第2章　アレン

ALLEN

1

兄リンカーンの死刑執行まであと1ヶ月を切ったその日、マイケルは運動場のベンチで、ウエストモアランドとチェスをしていた。マイケルの器用そうな長い指は駒をつかむと、なんの迷いもなくボール紙のチェス盤を移動している。その適確な動きを見ていたウエストモアランドは、賞賛の声を漏らした。

「俺が駒を動かすたびに、お前は三手先まで読んでる。大した戦略家だな」

今日も猫のマリリンはウエストモアランドの懐で大人しく抱かれていた。マイケルはチェス盤を見つめたまま彼に問いかけた。

「ボストンは懐かしくないかい？」

「もちろん」

「また行けそうか？」

ウエストモアランドは駒を動かしながら答えた。

「俺は今、60歳で、刑期があと60年残ってる。行けるもんか」

すかさずマイケルも駒を移動し、ウエストモアランドのキングを追い詰めてから言った。

「俺はやるつもりだ」

「やるってお務めをか？　それとも、もう一方のほうか？」

マイケルはウエストモアランドをひたと見すえた。

「分かるだろ」

ウエストモアランドは鼻で笑った。

「新入りは入って3日もすると、脱獄を考えはじめる。だが、そのうちにあきらめてしまう。今はもっと違うことに注意を払ったほうがいいぞ」

ウエストモアランドは目で運動場の向こう側を示した。白人と黒人の集団が小競り合いをしている。それを見やりながらウエストモアランドはつづけた。

「俺はムショ暮らしが長いから分かる。嵐の前の静けさだ。近いうちに白人と黒人の争いが起きる。多くの血が流れるだろう」

ウエストモアランドの言葉は貴重な忠告だった。マイケルはうなずいてたずねた。

「争う理由は？」

「猫と犬を同じ檻に入れられないのと同じさ」

またしても不測の事態が、マイケルの前に立ちはだかろうとしていた。急がなければ……。

監房に戻ったマイケルは、スクレが鼻歌を歌いながらトイレを使っている隙《すき》に、さっそく脱獄計画の第一段階に取りかかった。左腕のシャツの袖《そで》をまくり、ベッドの下から小さなステンレスミラーを取り出す。そして、左腕の外側に書かれたタトゥーを鏡に映し出した。その部分のタトゥーは、鏡に映すと判読できる文字と数字が彫られていた。

鏡をベッドに置いたマイケルは、メモ用紙に判読した文字と8桁《けた》の数字を書きこみはじめた。

〝アレン・シュワイツァー　11121147〟

「水が流れねえ」

スクレの不安げな声が聞こえてきて、マイケルは急いでメモした紙を破り取ってポケットにしまいながらたずねた。

「だから？」

そのとき、棟内にブザーが響き渡った。

「ヤバいぞ！」

スクレが自分のベッドに駆け寄ると同時に、看守の大声が耳に突き刺った。

「監房検査だ！」

たちまち捜索犬を連れた看守たちがなだれこんできた。棟内が騒然としはじめるなか、スクレはあわてふためいてマイケルのベッドにかがみこんだ。

「禁制品を流せないようトイレの水を止めるんだ」

マイケルはスクレが浮き足立つわけが分からず、ベッドに座っていた。

「ここにはないだろ？」

スクレはベッドマットの下から小さなビニール袋に入った白い粉を取り出し、マイケルに見せた。

「あるのさ！」

マイケルがシャツの袖を下ろすそばで、スクレは自分のベッドにあがってズボンをずり下げ、その袋を〝秘密のポケット〟に隠しながら叫んだ。

「デスクの裏側を探れ！」

言われたとおりにしたマイケルは、壁に備え付けられたデスクの裏側に貼《は》りつけられている物を見つけて引きはがした。

「これは？」

それは何かの金属の先を鋭く削り、柄の部分にテープを巻きこんだ手製のナイフだった。

「早く捨てろ！」

スクレが怒鳴ったそのとき、ベリック看守長が鉄格子の扉の前に立った。ベリックはナイフを持って立ちすくんでいるマイケルを見て、ニヤリと陰険な笑みを浮かべた。すぐさま部下に命じる。

「開けろ」

ドアが開くと、ベリックは顔を強ばらせているマイケルとスクレをさも愉快そうに見やって言った。

「白人と黒人の争いに使うのか？」

マイケルは黙ったままベリックを見返していた。

「よこせ」

ナイフを受け取ったベリックは、それをしげしげと見てからマイケルの顔の前にかざした。

「お前はどっちに味方するのかな？」

「俺はどっちでもない」

「ひょっとすると俺たちの首を狙《ねら》うつもりか？」

ベリックが執拗《しつよう》にマイケルに絡んでいたとき、ポープ所長が現れた。

「何か問題かね？」

ベリックは得意げに戦利品を所長に差し出した。

「ナイフを持ってました」

それを手にしたポープは房の中をのぞいて、マイケルを見すえた。

「君のか？」

マイケルは答えなかった。だが、いつの間にか隠れるようにして後ろに下がっていたスクレは、ポープと目が合うと俯《うつむ》いてしまった。

ポープはマイケルに視線を戻してつぶやいた。

「嘘《うそ》が下手だな」

それから看守たちに命じる。

「スクレを懲罰房に入れろ」

スクレがすごすごと房から出ていく。ポープは、せっかくのお楽しみを奪われて憮然《ぶぜん》として
いるベリックを振り返った。

「つぎを調べろ」

「この房の検査がまだ終わってません」

ベリックは抗議したが、ポープはきっぱりと命じた。

「ここはいいからつぎへ行け」

ポープが立ち去ると、ベリックはいまいましそうにマイケルに向き直った。

「所長にうまく取り入ったな。だが、覚えておけ。昼間は所長がいるが、夜は俺がボスだ」

みじろぎもせずに立っているマイケルの目の前で、鉄格子の扉は音を立てて閉じられた。

つぎにマイケルがリンカーンと会えたのは、夜の礼拝のときだった。デンプシー司祭が現れるのを待っている間、リンカーンは看守の目を盗み、真後ろに座ったマイケルにささやいた。

「教えてくれ、どうやるつもりだ?」

「診療室さ」

「診療室?」

マイケルはいくぶん身を乗り出して答えた。

「一番警備が手薄だ。パグナックさえ手に入れば、あそこに通いつづけることができる」

「パグナックって？」

「高血糖にする薬だ。医者に僕が糖尿病だと思わせておけば、診療室を利用できる」

「何に？」

「兄さんを逃がすための下準備だ。とりあえずはその計画だ」

リンカーンは眉を潜めた。

「とりあえず？」

「肝心のパグナックが簡単に手に入らない」

「薬しだいの計画ってわけか？」

「手配はある男に頼んである」

そう言うと、マイケルは通路を挟んだベンチに座っている黒人たちのほうを見やった。その気配を感じたらしく、リンカーンも顔を振り向ける。

「黒人は信用するな」

「人種は関係ない」

「ここでは大ありだ。バカはやめろ。お前は3年もすれば仮釈放だ」

「待つ気はない」

「無謀だぞ……」

そのとき看守が通りかかって、リンカーンはいったん口をつぐんだ。マイケルもすばやく身を引いて俯く。看守が通りすぎるのを待って、リンカーンはつづけた。

「ここから逃げた者はいない」

マイケルも再び兄のほうへ身を乗り出す。

「不測の事態も想定して備えてある。計画は完璧《かんぺき》だ」

「不測の事態?」

リンカーンはいっそう不安そうな表情になり、肩ごしにマイケルを見やった。

「ここの設計図を知っていても、予測できないことが一つある。人だ。アブルッチみたいな奴を甘く見ると、痛い目に遭《あ》うぞ」

マイケルは斜め後ろに座っているアブルッチにゆっくりと視線を向けた。アブルッチも目だけを動かしてマイケルを見ている。マイケルは兄の背中に視線を戻して言った。

「トラブルを避けて目立たないようにするよ」

「きっと狙われるぞ」

「そのころには、ここにいないさ」

マイケルが事もなげに言い放つと、リンカーンは小さく頭《かぶり》を振った。

「どうかしてる。自分の房からも出られないのに」

「出られる」

「鍵でもあるのか?」

「まあ、そんなとこさ」

そのときデンプシー司祭が入ってきて、2人は口を閉じざるを得なかった。リンカーンはその広い背中いっぱいに、弟の無謀な計画への危惧を漂わせていた。

翌日の運動の時間、運動場へ出てきたマイケルは、辺りをすばやく見渡してベンチのある一角へ近づいていった。一番端のベンチへ歩み寄り、上段の板の裏側に留められたボルトを指先で探りはじめた。

マイケルはベンチに沿ってゆっくりと歩きながら板の裏側にさりげなく手を這《は》わせていった。二つ目のベンチへ移動した彼の手は、あるボルトで止まった。

この運動場のベンチは、5年前の改築工事の際に新しく造り変えられたものだった。今回の計画のために図面を調べた際、マイケルはベンチに使われたボルトの一つに注目した。それは渦巻状の溝があるボルトで、製造番号は〝1112147〟。マイケルは左腕の外側に、その製造番号をタトゥーとして彫っていたのだった。

ベンチに飛び乗ったマイケルは、目当てのボルトがあった位置に座り、板の裏側に手を伸ばした。ドライバーの代わりにコインを使い、ボルトを外しにかかる。ボルトがまわりはじめたそのとき、下の段に座っていた白人の大柄な男が肩ごしに振り返った。

「そこはお前の座る場所じゃねえ。ティーバッグのベンチだぜ」

「そいつはだれだ?」

「敬意を示せ。あいつはアラバマでガキどもを6人誘拐し、レイプして殺した男だ」

刑務所では、重罪を犯した者ほど一目置かれるという妙な慣習があった。

「ティーバッグって本名か？」

マイケルはコインでボルトをまわしつづけながらたずねた。

「ティーバッグさ」

横合いで鼻にかかった声がした。マイケルが顔を向けると、野球帽を被った小柄な男が立っていた。どうやらティーバッグ本人のようだ。彼にはキューピーのようなヘアスタイルをした若い男が、彼女よろしくニヤニヤしながらぴったりと寄り添っている。ティーバッグのズボンのポケットからはみ出した白い裏地部分をしっかりと握っていて、2人の関係はだれの目にも明らかだ。

ティーバッグがベンチをあがってくる。ボルトはまだ外れていなかったが、マイケルは仕方なく立ちあがった。

「いや、立たなくてもいい。座ってろ」

マイケルは言われたとおりに腰を下ろし、ボルトを外すチャンスをうかがった。一段下のベンチに座ったティーバッグは、マイケルの端正な顔をまぶしげに仰ぎ見た。

「みんながべた褒《ぼ》めしている噂《うわさ》の新入りはお前か？　スコフィールド。可愛いじゃねえか。気に入った」

そう言って、ティーバッグは下卑た笑い声をあげた。彼に寄り添っている男は表情を曇らせ、目に嫉妬《しっと》の炎を燃やしてマイケルを見あげている。マイケルは彼らの視線を自分からそらすために、わざと反対側の石壁の前にたむろしている黒人たちのほうを見やった。すると、その視線を追って、ティーバッグが訊いてきた。

「黒人どもが怖いか?」

「怖い?」

「だから俺のところへ来たんだろ? 入って2、3日もすれば、だれでも気づく。ムショじゃ黒人が優遇されてるってことがな」

「気がつかなかったな」

マイケルはとぼけたが、ティーバッグは憎々しげに黒人たちを見ている。その隙に、マイケルはボルト外しを再開した。

「連中は人数も多いからやりたい放題だが、もう許せねえ。近いうち、奴らを叩きつぶす。流血騒ぎになるが、俺がお前を守ってやるぜ」

ティーバッグは若い男の手をパチンと払ったかと思うと、ズボンのポケットの白い裏地をマイケルに示した。

「お前はただここを握ってればいい。そうすりゃ心配はいらねえ。歩くときも一緒だ。だれにも手出しはさせねえ」

若い男はあわてて裏地を握り直し、マイケルをにらんでいる。それを横目で見て、マイケルはティーバッグに言った。

「彼女がいるだろ?」

ティーバッグは立ちあがって反対側のポケットから裏地を引き出し、ニヤリとした。

「もう一つあるぜ」

「遠慮しておくよ」

「俺が守らねえと、黒人の餌食《えじき》になるのがオチだぞ」

「くどい！」

マイケルが嫌悪感もあらわにきっぱりと断わると、ティーバッグは顔を突きつけてすごんだ。

「ならここから消えろ。今すぐだ」

ボルト外しをあきらめ、マイケルは立ちあがるしかなかった。ベンチから降りていくマイケルに、ティーバッグが不敵な笑みを浮かべて念を押す。

「またここに現れたら、お話だけじゃ済まねえぞ。分かるだろ？」

ボルトはすでに板から4、5センチほど飛び出していた。だが、ここでマイケルが粘れば、騒ぎになってしまうのは目に見えていた。


「失礼。リンカーン・バローズを弁護したティム・ジャイルズさんですか？」

ベロニカは州立裁判所のロビーで、訴訟ファイルを満載したカートを引いている恰幅《かっぷく》のいい黒人の男を呼び止めてたずねた。

ジャイルズは彼女を一瞥《いちべつ》するなり、硬い表情で立ち去ろうとする。

「取材はお断り……」

マスコミの関係者と思われたらしい。死刑の執行日が近づくにつれ、ジャイルズは取材攻勢に遭って閉口しているのだろう。ベロニカは急いで追いすがった。

「記者じゃありません。被告と親しくしていた者です」

「ご家族？」

「いいえ、違います。何年か前に彼とつき合ってました」

ベロニカが正直に答えると、ジャイルズはようやく表情を和らげたものの、気忙《きぜわ》しげに正面玄関へ向かいながら弁解をはじめた。

「私に何を言えと？　とにかくあの男は有罪なんです。殺人は立証された。検察側の主張には反論の余地もなかった」

ベロニカは小走りに彼と肩を並べてたずねた。

「被害者が副大統領の兄弟だからですか？」

ジャイルズはため息をついて足を止めた。

「もし政府の圧力うんぬんと言いたいなら、心外です。私だって、あの男のために精いっぱい闘ったんですよ」

「そんなつもりじゃありません」

「証拠があったんです。バローズは雇い主であるステッドマンと人前で言い争い、解雇された。2週間後にステッドマンは殺され、バローズの自宅から凶器が見つかった。血がついた衣服も発見された。これじゃ到底、裁判に勝てない」

「バローズの友人だったクラブ・シモンズは？　無罪を立証できたはずなのに、なぜ証言させなかったんです？」

ベロニカは食い下がったが、ジャイルズは肩をすくめて力なく笑った。

「5回も服役した男だ。証言させても信用されない」

「では、シモンズに会いに行ってもいいですか？」

「ご自由に。会っても無駄《むだ》足だと思いますがね」

ジャイルズは苛立ちを隠そうともせず、ベロニカから逃げるようにして立ち去っていった。


高い天井の近くにある小さな窓から、細い陽の光が射していた。リンカーンは独房の薄汚れた床に座ってわずかな陽の光の下に身を置き、二度と戻れない外の世界へ思いを馳《は》せた。

この刑務所に囚われてから3年、激動の短い人生がもうすぐ終わろうとしている。それも殺人者の汚名を着せられ、電気椅子《いす》で処刑されるのだ。なんと愚かな終焉《しゅうえん》だろう。立ち直れるチャンスはあったのだ。弟に自業自得だと指摘されたとおり、ベロニカとヨリを戻したあのときこそ、そのチャンスだったのに……。

——ベロニカが弁護士資格を取得してロースクールを卒業した日、リンカーンは弟のマイケルにせがまれてお祝いに駆けつけ、その夜、彼女とヨリを戻して情熱的に愛し合った。翌朝、彼女のベッドで目覚めたリンカーンは、生まれ変わったような爽《さわ》やかな気分だった。

「……不思議だ。言葉では表現できない」

リンカーンはまだ背中を向けてうとうとしているベロニカに身を寄せ、耳元でささやいた。

「これまで俺の人生は、いつだってメチャメチャで騒々しい日々の連続だった。頭がどにかなりそうだったよ。でも、今は静かで完璧だ。君が戻ってくれてうれしい」

感謝の気持ちをこめて彼女のすべらかな白い肩にキスをする。ベロニカはくるりと体の向きを変えて満ち足りた笑みを浮かべた。

「いつもあなたのこと、思ってたわ」

「俺はたくさん過ちを犯してきた。だけど、今なら分かる。それを正したい。君と一緒に人生を取り戻すよ」

「信じてるわ」

どちらからともなくキスを交わすと、リンカーンはサイドテーブルにあったカメラに手を伸ばした。

「なんなの?」

「記念撮影さ」

そう答えて、リンカーンは2人の顔の上にカメラを掲げた。

「嫌よ!」

たちまちベロニカは枕で顔を覆ってしまった。

「頼むよ、ベロニカ。1枚だけ」

「いいわ」

ベロニカが枕から顔を出し、彼に盛大なキスを浴びせる。その瞬間を狙い、リンカーンはシャッターを切った。2人一緒の穏やかな暮らしを夢見て――


リンカーンはいつしか陽の光に吸い寄せられるように立ちあがり、小さな窓を見あげていた。もし本当にここから出ることができたなら、決して同じ過ちは繰り返さない。今度こそは絶対に……。マイケルの計画を無謀だと思う一方で、いつしかリンカーンの胸には抑えようもない希望が芽生えていた。


ベロニカのオフィスに、リンカーンの元弁護人ティム・ジャイルズが突然、訪ねてきた。

「先ほどは、ろくに話もせず申し訳なかった」

ジャイルズは打って変わって、感じのいい笑みを浮かべている、思いもかけなかった彼の訪問に、ベロニカは期待に胸をふくらませて愛想よく迎えた。

「とんでもない」

ジャイルズは誠実そうなまなざしでベロニカを見つめ、茶封筒を差し出した。

「死刑執行が近づくと辛くなるものです。これを君に。事件があった現場の監視カメラの映像だ。関係者以外は見てないが、役に立つと思う」

相変らず忙しそうにきびすを返した彼の背中に、ベロニカは声を張りあげた。

「なんの役に？」

「忘れるのに」

肩ごしにそう言うと、ジャイルズはそそくさと帰っていった。その言葉にショックを受け、ベロニカはしばし茶封筒を手にして立ち尽くしていたが、意を決してテープをデッキに入れ、テレビ画面に目を凝らした。


——現場の地下駐車場はかなり混み合っていたが、ちょうど監視カメラのすぐ近くの駐車スペースは空いていた。そこへ1台のセダンが入ってきて停まった。その直後、拳銃を構えたリンカーンが通路を横切って姿を現し、まっすぐに運転席に近づいて引き金を引いた。

リンカーンは辺りを見渡したかと思うと、姿が見えなくなった。するとつぎに拳銃を背中のベルトに差して助手席のドアを開けるリンカーンの後ろ姿が映った。

そのまま車内に体を差し入れ、何やら車内を物色しているようだ。そのあと、彼は体を引いてすばやく立ち去っていった——


目を大きく見開いて凍りついていたベロニカは、やがて力なく視線を落とした。怒りと挫折感がこみあげてくる。テープには運転席に向かって発砲したリンカーンの姿がはっきりと映っていた。彼の有罪を疑う余地などまったくなかったのだ。

怒りも覚めやらぬまま、ベロニカはリンカーンがフォックスリバー州立刑務所に収監されてから初めて面会に訪れた。リンカーンは手錠と足枷《あしかせ》をはめられ、面会室に出てきた。かつて愛した男のそんな姿を、ベロニカはみじろぎもせずに憮然として見つめた。

リンカーンは顔をほころばせて強化アクリル板の仕切りを挟み、彼女と向き合った。

「感動の再会だな」

ベロニカは硬い表情の顔をそむけ、冷ややかに言い放った。

「下手な芝居はやめて」

「芝居？」

ベロニカは彼をにらみつけると、胸にわだかまった思いをぶつけた。

「みんなの人生を台なしにしないで。マイケルがここに入ったのは、あなたのためよ」

リンカーンの顔に警戒の色がよぎる。

「弟から聞いたのか？」

「聞かなくとも、私には分かるのよ。彼が何をするつもりなのかね。弟を愛してるなら、やめさせて」

話すうちにベロニカの淡い緑色の目は涙でかすんでいた。

「証拠のテープを見たわ」

「あれは真実とは違う！」

リンカーンが即座に否定し、ベロニカの怒りは増幅した。

「どこが？　この目で見たのよ」

「俺だって見たさ。その場にいたんだから。あの夜は緊張したから、マリファナでハイになってた。俺は引き金を引いてない。ステッドマンはすでに死んでたんだ」

「その話なら知ってるわ」

「いいから黙って聞け！」

リンカーンは突然、いきり立ち、一気にまくし立てた。

「あの夜、あそこに行ったのは、クラブ・シモンズに借りた9万ドルを清算するためだった。ヤクの売人を殺せば、それで借金を帳消しにすると言われた。だが、撃ってはいない。だれかにハメられて、テレンス・ステッドマンが死んでる駐車場に行かされたんだ」

「だれがあなたをハメるっていうのよ？」

ベロニカもつい語気を荒げる。リンカーンは居たたまれない様子で立ちあがった。

「じっくり考えたが、狙いは俺じゃないと思う。彼のほうだ」

「ステッドマン？」

「そうだ」

「あの人は善人よ。福祉に積極的で、環境問題にも会社をあげて取り組んでたわ。あの人に殺意を抱くとしたら、あなただけよ」

「それを言いにここへ来たのか？」

リンカーンの言葉に、ベロニカはうろたえた。

「……分からないわ」

実際、ベロニカは自分でもどうして会いに来たのか分からなかった。リンカーンは深々とため息をついて座り直したかと思うと、肩を落として切々と訴えた。

「今の君には、君の人生がある。でも、俺を少しでも愛していたのなら、真相を探ってくれ」

彼の哀しみ、辛さが我が事のように伝わってきて、ベロニカの心は揺れた。だが、口をついて出たのは、自分でもぞっとするほど残酷な言葉だった。

「あのビデオが真実で、死刑は当然なのかもね」

力なく頭を振るリンカーンに、ベロニカはくるりと背を向け、ヒールの靴音を響かせて面会所をあとにした。

2

運動場に出るなり、マイケルは芝生を横切っていくシーノートに歩調を合わせて催促した。

「パグナックは?」

「手配はした」

「今夜、あの薬が必要なんだ」

シーノートは足を止め、マイケルを振り返った。

「いったい診療室で何をしてるんだ?」

「パグナックと交換になら教えてやってもいい」

マイケルは思わせぶりに答え、足早にベンチへ向かった。ティーバッグのベンチに座り、ボルトを外しにかかる。

ほどなくして、彼女をしたがえて運動場へ出てきたティーバッグは、自分のベンチにいるマイケルを見て顔色を変えた。

「おやおや?」

ティーバッグの鼻にかかった声が聞こえてきて、マイケルは急いでボルトを引き抜いた。だが、隠す暇はなかった。長さ15センチほどのボルトを手で握り締めていると、ティーバッグが横に立った。

「分からねえ奴だな。現れるなと言ったはずだぜ。ここは俺たちの場所だ。手に持ってる物を渡せ」

マイケルはしばしためらっていたが、騒ぎを起こして看守の注意を引きたくなかった。仕方なくベンチから降り、ティーバッグにボルトを手渡した。

「長いボルトだな」

ティーバッグはボルトをしげしげと眺めてから、マイケルをじろりとにらんだ。

「これなら相手に深手を負わせられるな。だれを狙う気なんだ？　お前は黒人と同じ房にいて、仲がよさそうだな。中身も黒人か？　一度、腹を割いて確かめてみてもいいんだぜ」

そのとき、看守の声が飛んできた。

「おい、こら！　そこで何してる？　揉《も》め事か？」

フェンスの向こうに、自動小銃を手にした看守が立っていた。その姿に気づいたティーバッグは、あくびをしながら伸びをしてボルトを握った手を頭の後ろへまわした。すると、彼女《ヽヽ》がすばやくボルトを受け取り、ズボンのポケットに隠した。

「こいつは預かっておく」

ティーバッグがマイケルにささやいたとき、再び看守が怒鳴った。

「おい！　たむろしてないで、どこか行け」

ティーバッグはニヤニヤしながら、マイケルを見やった。

「聞こえただろ？　坊や。失せろ」

ボルトは脱獄計画になくてはならないものだったが、マイケルはひとまず引き下がるしかなかった。

そのころベリック看守長は躍起になって、マイケルの監房を調べていた。マイケル・スコフィールドという男は、これまで彼が見てきた囚人たちのどのタイプにも当てはまらなかった。あの若さに似合わず、いつも泰然自若としている。その態度が、ベリックにはどうにも気に食わなかった。

しかもマイケルは超エリートだ。そんな男が、すぐに捕まるような銀行強盗をやったこと自体、妙だった。長年の刑務官としての勘から、ベリックは何かあるとにらんでいた。

囚人が見られては困る物を隠す場所はかぎられている。ベリックはまずベッドの下やピロケースを調べた。だが、何も出てこなかった。デスクに置かれた本やメモ用紙、ラジカセの下にも隈なく目を凝らす。それでも何もないと分かると、ベリックは腰を落としてデスクの裏側を手で探った。

そのときちょうど目線がデスクの面と平行になり、ベリックはメモ用紙に何か書かれた形跡があることに気づいた。ベリックはメモ用紙を鉛筆でなぞってみた。すると、人の名前らしき文字と8桁の数字が浮きあがった。

〝アレン・シュワイツァー　11121147〟

マイケルの筆跡に違いない。ベリックはそのメモ用紙をまじまじと見て、考えをめぐらせた。

ボルトをティーバッグに奪われたマイケルは、意を決してアブルッチに近づいていった。

「ある囚人から奪われた物を取り返したい。代償は?」

予想どおりの答えが返ってきた。

「フィバナッチと引き換えだ」

「フィバナッチの居場所は必ず教えてやる。そのときが来たらな」

「今がそのときだ」

アブルッチは一歩も引かない。マイケルはすばやく考えをめぐらせ、まだ時期尚早だったが脱獄計画をちらつかせた。

「いや、それはあんたと俺が塀の外に出てからだ。仮釈放なしの身じゃ、死ぬまで出られないが、この俺がいれば出られる。どうだ?」

だが、アブルッチは歯牙《しが》にもかけなかった。

「たわ言はやめとけ」

そう言い捨てて立ち去っていくアブルッチの背中を見つめながら、マイケルはいよいよ窮地に立たされたことを思い知らされた。

「フィリー・ファルゾーニ、よく来たな。なんの用だ?」

面会人の顔を見るなり、アブルッチは言葉とは裏腹に表情を強ばらせた。苦みばしった顔立ちのファルゾーニは上等なスーツに身を固め、エリートビジネスマンのような風格を漂わせている。かつてアブルッチと肩を並べていた幹部だ。アブルッチが逮捕されてからは、この男が一手に組織を牛耳るようになっていた。

「旧交を温めようと思ってな」

ファルゾーニはくったくのない笑みを浮かべた。だが、彼をよく知っているアブルッチは、笑えなかった。ファルゾーニがわざわざこんなところまで足を運ぶはずもない。目的は明らかだ。アブルッチが用心深く身構えて立っていると、ファルゾーニのかたわらに座っていたスモールハウスが思わせぶりに言った。

「やっぱりだな」

アブルッチは気色ばんだ。

「なんだと?」

「塀の外じゃみんな噂してるよ。あんたはタマなし男になったんじゃないかってな」

アブルッチは口元に不敵な笑みを浮かべてスモールハウスをにらみつけ、椅子に腰を下ろした。

「ふざけた口をきくんじゃねえ。俺の小間使いだった野郎が」

「今は違うぜ」

うそぶくスモールハウスを、ファルゾーニが目で制す。

「ジョン、フィバナッチの居所を早く聞き出せ」

アブルッチはスモールハウスをにらんだまま応えた。

「任せろ」

「待っていられない。奴はまた姿を現すぞ。来月の大陪審にな」

ファルゾーニは辺りを見渡し、声を潜めてつづけた。

「あいつに証言をされたら、大勢がパクられる。俺も含めてな。俺たちは長いつき合いだ。女房同士も友達で、子供も同じカトリックスクールに通っている。お前の子供たちに何か起きたら、うちの子供たちも悲しむ」

子供の話を持ち出されたとたん、アブルッチは口の中に苦いものがこみあげてくるのを感じ、ごくりと唾《つば》を飲みこんだ。

「そんなことはさせん」

ファルゾーニはアブルッチをひたと見すえた。

「本気だ」

その目に、アブルッチは脅えた。

「居所は吐かせる。フィバナッチは終わりだ」

「みんなのために頼むぜ」

「大丈夫だ」

「元気でな」

ファルゾーニは今一度、アブルッチの目をひたと見すえて念押しの圧力をかけると、すばやく席を立った。スモールハウスもかつてのボスを見下すようにねめつけながら立ちあがる。塀の外へ向かって颯爽《さっそう》と出ていく彼らの後ろ姿を、アブルッチは言葉もなく見送った。

懲罰房に入っている間は、手紙を書くことも、電話をすることも、面会も禁じられる。ナイフを隠し持っていたことが発覚し、懲罰房入りとなったスクレは、マリクルースに連絡できないことに焦りを募らせていた。

「おい、看守！　電話を使わせてくれ」

スクレはスチール製の扉を叩いてわめいた。だが、扉の外は静まり返っている。懲罰房は看守が扉の小窓を開けないかぎり、外の様子をうかがい知ることはできなかった。

苛立ったスクレが狭い房の中を歩きまわっていると、ようやく小窓が開いて、金網の向こうから看守が顔をのぞかせた。

「ピザでも注文するのか？」

スクレは小窓に顔を貼りつけるようにして訴えた。

「彼女が俺の電話を待ってるんだよ！」

「あきらめろ。わめいても救いはないぞ」

金属音を響かせて小窓は無情にも閉じられてしまった。

「おい！　待ってくれ、頼む！」

自業自得とはいえ、スクレは今さらながらに刑務所に入っていることが悔やまれた。

管理棟に戻ってきたベリックは、さっそく一般房の受刑者名簿でマイケルの監房で見つけた〝アレン・シュワイツァー〟という名前を調べた。だが、そんな名前は見当たらなかった。そこで事務所にいた刑務官ハリスに命じた。

「名簿を調べてくれ。一般房に、アレン・シュワイツァーって奴はいるか？」

ハリスはコンピュータのキーボードをすばやく叩いて答えた。

「いません」

「独房にも？」

「……いえ。なぜ調べるんです？」

「ちょっと気になっただけだ」

ベリックは何も収穫がなかったことに苛立って名簿をデスクに叩きつけると、運動場へ向かった。

フォックスリバー州立刑務所は、にわかに不穏な空気に包まれていた。運動場では囚人たちが看守の目を盗んでは、ナイフや鋭く先が尖ったガラスの破片などの武器をやり取りしたり、筋トレに励んだり、ひそひそ話をしている。一触即発の雰囲気だ。

その状況を、マイケルは運動場の隅のフェンスぎわに立って眺めていた。

「アレン・シュワイツァー、この名前に心当たりは？」

突然、背後でベリック看守長の声がした。マイケルはどきりとしたが、前を向いたまま平静をよそおって聞き返した。

「どんな?」

「お前に聞いてるんだ?」

「そんな奴、聞いたこともない」

「確かか?」

「確かですよ」

ベリックはあっさりと引き下がったが、マイケルの心中は穏やかではなかった。なぜ彼があの名前を知っているのだろうか。自分がどこかでミスをしたのだろうか。どちらにせよ、ベリックが嗅《か》ぎまわりはじめた以上、ぐずぐずしてはいられなかった。

運動場から監房へ戻る際、たまたま横に並んだ黒人がマイケルに話しかけてきた。

「おい、新入りでも気配で分かるだろ? 最後の審判の日が来るぜ。もうすぐだ」

言われるまでもなく、マイケルは苦慮していた。緻密《ちみつ》かつ完璧な計画を立ててきたつもりだったが、実際に刑務所の中に入ってみると少しも思うように事が進まなかった。まわりは一筋縄ではいかない凶悪な犯罪者ばかりで、アクシンデントの連続だ。

このうえ暴動が起きれば当局の監視の目がいっそう厳しくなり、しばらくは脱獄など不可能となるだろう。それにボルトはティーバッグに奪われたままだし、抗インスリン剤のパグナックも手に入らない。しかもパグナックを頼んだシーノートは黒人だ。すでに白人対黒人という対立軸が鮮明になりつつある今、シーノートはあたかもマイケルが敵か味方か見極めようとするかのように、パグナックの引き渡しを先延ばしにしている。

ボルトを返してもらうためにティーバッグに近づけば、黒人たちから狙われるだろう。パグナックを手に入れるために黒人に味方すれば、白人たちから袋叩きに遭うに違いない。マイケルはジレンマにおちいり、解決策が見つからないまま2階の監房へ通じる階段へ向かった。

そのとき、鼻にかかった甲高い声が聞こえてきた。

「おい、メイタッグ！　こっちへ来い！」

ティーバッグが彼女と2階への階段を登っていくところだった。それを見たマイケルは心を決めた。危険だがやるしかない！　そのままメイン通路を進んだマイケルは、1階にあるティーバッグたちの房へ入り、ベッドの下を探りはじめた。

2段ベッドの上の段には、タバコが数本とビニール袋に入った乾燥大麻、それとメイタッグが塀の外の恋人らしき男と一緒に写っている写真が隠してあった。どうやらメイタッグは根っからの同性愛者のようだ。

ベッドでは、結局、ボルトは見つからなかった。マイケルがデスクの裏側を探っていると、背後でティーバッグの声がした。

「俺の房で何してるんだ？」

ぎくりとして振り返ったマイケルはとっさに答えた。

「仲間になりたい」

「仲間になりてえだと?」

ティーバッグはにわかには信じられないといった顔つきだ。

「そうだ」

マイケルが明瞭に答えると、ティーバッグは値踏みするような目つきでねめつけた。

「簡単には抜けられねえぞ。いいのか?」

こうなったら仕方ない。マイケルは落ち着き払った態度で言い繕った。

「あんたらが戦えと言うなら戦う。ベンチからボルトを抜いたのはそのためだ」

ティーバッグは鉄格子ごしに辺りの様子をうかがい、声を潜めた。

「戦いてえなら、すぐチャンスが来るぜ。つぎの点呼のあとだ」

「今夜か?」

「まずいか? 黒人どもに一気に攻撃を仕掛ける。ガンガン攻めてけよ。お前に期待してるぜ。こっちは数では負けてるんだから」

マイケルはここぞとばかりに言った。

「武器がほしい」

「これはどう?」

メイタッグがニヤニヤしながら、ボルトをマイケルの目の前にかざす。マイケルはすぐにも彼の手からボルトをもぎ取りたかったが、用心深くティーバッグの出方をうかがった。だが、ティーバッグは探るような目つきでマイケルを見やっているだけだ。そのとき監房の扉が閉じる合図のブザーが鳴った。

「ほらよ」

メイタッグはマイケルのシャツのポケットにボルトを入れると見せかけ、スティック付きのキャンディを押しこんだ。

「受刑者は監房へ戻れ」

看守の声が棟内に響き渡った。房から出ていこうとするマイケルを、ティーバッグが腕を伸ばして塞《せ》き止めた。

「信用されてえなら、実証してみせろよ。俺たちが腕ずくで確かめる前にな」

「中へ入れ！」

看守の声に急かされ、マイケルは黙ったまま自分の房へと戻っていった。その一部始終を、通路を挟んだ2階の房にいるシーノートがうかがっていた。だが、ボルトを取り返すことで頭がいっぱいのマイケルが気づくことはなかった。


マイケルがシャワー室で服をつけていたとき、後ろから肩を叩かれた。振り返ると、シーノートがパグナックの薬ケースを手に立っていた。

シーノートは無言のまま、ついてこいと身振りで合図してシャワー室の裏手へ向かっていく。いよいよパグナックが手に入るのだ。マイケルはすばやくシャワー室の看視についている2人の看守のほうへ目を走らせた。彼らはおしゃべりに夢中で、こちらに注意を払っていない。マイケルはシーノートのあとを追った。

シーノートは看守たちから死角になっている鉄格子の扉の前に立っていた。

「よお、調子はどうだ?」

マイケルが歩み寄っていくなり、上機嫌の様子で握手をして抱きついてきた。つぎの瞬間、鳩尾《みぞおち》にパンチが叩きこまれ、マイケルはうめいた。すかさずどこからともなくシーノートの仲間の黒人たちが現れ、マイケルの首と頭をたくましい腕で押さえつける。

「てめえ、俺を舐《な》めてんのか?」

シーノートは表情を一変させ、すごんだ。マイケルはあえぎながら声を絞り出した。

「いったいなんの話だ?」

「ティーバッグの仲間になったんだろ? いっそここで喉《のど》を切り裂いてやりてえ」

「あいつらといるのは、奴に取られた大切な物を取り返すためだ」

シーノートは鼻で笑って、マイケルの目の前に薬ケースをかかげた。

「笑わせるな。ここにもお前の大切な物がある。パグナックだぜ。どうだ、ほしいか?」

そう言ったかと思うと、シーノートはケースの蓋《ふた》を開け、中身の錠剤を自分の手のひらにすべて移し取った。

「白人は嫌いだ。お前もな」

空のケースが石の床にカラカラと音を立てて転がる。

「お前の運も尽きた。選ぶ側を間違えたな」

シーノートはマイケルの頬《ほお》を軽く叩くと、仲間たちと立ち去っていった。空の薬ケースを虚しく見つめてその場に立ち尽くしていたマイケルは、油断していた自分に腹を立てて鉄格子の扉を拳《こぶし》で殴りつけた。

「点呼だ！　扉の外に並べ」

棟内に看守の声が響き渡り、監房の扉が開いた。マイケルが房から出ていくと、隣の房の白人の男がマイケルに言った。

「いよいよだぜ」

向かい側の2階の監房の前では、シーノートがマイケルを挑発するかのようにニヤリとしている。

「おい、下がれ！」

下から看守の怒鳴り声が聞こえてきて、マイケルは1階のメイン通路をうかがった。点呼の際、囚人たちは監房の前に引かれたラインに沿って並ばなければならなかった。だが、バラードという白人は、向かい側の房の黒人を挑発するかのようにラインからせり出していた。彼はティーバッグの息のかかった男で、どうやらそれが合図らしい。ウエストモアランドはいち早く房の中にあとずさっている。

「早く下がるんだ！」

看守が再び怒鳴ったつぎの瞬間、バラードが雄叫《おたけ》びをあげて前の房の黒人に突進した。同時にティーバッグもすばやく動いて黒人の１人を殴り倒し、ほかの白人たちも一斉に手近の黒人たちに襲いかかった。

「応援を頼む。急いでくれ！」

看守たちが通路の鉄格子の扉を閉めて避難するなか、マイケルは黒人の大男に１階へ突き落とされた。なんとか起きあがったものの、辺りは揉み合い、殴り合う男たちで騒然としていて行き場がなかった。

そのときティーバッグが房の中に黒人の男を引きこみ、手の中に隠し持った刃物で喉をかき切る。それを目の当たりにしたマイケルが立ちすくんでいると、後方から引きつったような雄叫びが聞こえた。

ハッとして振り向いたマイケルの目に、ボルトを握り締めて自分に突進してくるメイタッグの姿が飛びこんできた。マイケルは寸でのところで彼の攻撃を交わして背後にまわりこみ、羽交い絞めにしてボルトを奪い取ろうとした。だが、メイタッグも必死に抵抗し、２人は激しく揉み合った。

マイケルはメイタッグを床に押し倒し、彼の手からボルトをもぎ取ると、逃げ場を求めて辺りを見渡した。そのとき、２階から自分を見下ろしているシーノートと目が合った。マイケルがシーノートに気を取られている隙に、メイタッグが起きあがった。

マイケルはボクシングの構えで、再びメイタッグと対峙《たいじ》した。メイタッグがマイケルめがけて突進してきた刹那《せつな》、黒人の男が飛びこんできて彼の行く手を塞いだ。男は飛び出しナイフでメイタッグの左胸を数度、突き刺し、すばやく走り去った。

あまりの早業に、メイタッグは自分の身に何が起こったのか分からないようだった。血がにじんでいるシャツを信じられないといった表情で見つめていたかと思うと、マイケルの胸に倒れこんできた。

メイタッグはマイケルにすがりつき、あえぎながら悲痛な声を漏らした。

「……助けてくれ」

そのとき、看守の怒鳴り声が響き渡った。

「そこまでだ。房に戻れ！」

黒人の男に馬乗りになって殴りつけていたティーバッグは、息を荒げて身を起こした。とたんに、マイケルの腕の中でぐったりとしている恋人の姿に気づき、顔色を変えた。

「スコフィールド！」

マイケルはハッとして顔を振り向けた。ティーバッグは明らかにマイケルがメイタッグを殺《や》ったと思っているようだ。

「受刑者は房へ戻れ！」

看守の声とともに警戒警報のサイレンが鳴り響き、催涙弾がいくつも撃ちこまれ、煙がもうもうと立ちこめはじめた。

マイケルはメイタッグを離し、シャツの袖口《そでぐち》で鼻と口を押さえて階段へと逃れた。右往左往する囚人たちをかき分け、やっとの思いで房にたどり着いて咳《せ》きこんでいると、ティーバッグの怒りに満ちた声が聞こえてきた。

「許せねえ、スコフィールド！　聞いてるのか？　貴様を殺してやる！」

メイタッグの血にまみれ、ティーバッグの声に脅えながらも、マイケルは命がけで取り戻したボルトをしっかりと握り締めた。

人影が監房の前をよぎるたびに、マイケルはぎょっとして身構えていたが、ほどなくして扉が閉じられた。ひとまずほっとしてボルトについた血をタオルで拭《ぬぐ》い、床にへたりこむ。そのときになって自分の両手が血で染まっていることに気づいた。

あわててタオルで手を拭ったマイケルは、くじけそうになる心とともにひざを抱えてうずくまった。目の前で人が刺され、自分の腕の中で息絶え、さらには命を狙われる羽目になった現実。ここはまさに生き地獄だった。

しばらくして、ポープ所長がベリック看守長をしたがえてやってきた。

「諸君には呆れた……」

怒り心頭の様子の所長の声が聞こえてくると、マイケルは急いで血に染まったシャツを脱いで耳を澄ました。

「私は寛大な待遇でお前たちの人格を尊重してきたが、この有り様だ。24時間の房内監禁処分とする。食事もシャワーも、面会も禁止だ。忠告しておく。二度と騒ぎを起こすな。つぎにやったら監禁1週間、そのつぎは1ヶ月の厳罰に処す。忘れるな」

監禁は、マイケルにとってはむしろありがたかった。脱獄の準備作業に集中できる。しかもセルメイトのスクレは懲罰房に入っていて、この房にはマイケル1人だ。願ってもないチャンスだった。マイケルは気を取り直すと、さっそくボルトの先を床にこすりつけはじめた。

「聞こえるか？　聞こえてるんだろ？　そのうちお前を殺しに行くぜ」

先ほどの騒ぎが嘘のように静まり返った監房内で、無心にボルトの先を床にこすりつけているマイケルの耳に、ティーバッグの不気味な声が執拗に迫ってくる。

「逃げるところはねえぞ。その房からは出られねえからな。豚みてえに調理してやるぜ」

その声に脅えながらも、マイケルはボルトの先を床にこすりつける手は休めなかった。やがてボルトの先は溝がなくなり、すべらかな棒状になった。マイケルは腕をめくり、左腕の外側に彫られたタトゥーの文字〝アレン〟と〝シュワイツァー〟の間に入れた丸く黒いマークの上に、溝を削ったボルトの先を押し当てた。

マークの大きさとボルトの先の直径がぴたりと重なる。それを確認したマイケルは、シンク付き便器の前へ行った。シンクタンクの側面には、製造した会社名が記されていた。

〝シュワイツァー管工〟

マイケルはシンクを壁に留めているネジ穴の一つに目を凝らし、そこに溝を削ったボルトをはめてまわしてみた。ネジはなんなく取り出すことができた。そのネジは、マイケルがあらかじめ図面を見て調べてあった〝4分の1インチ・アレン・ボルト〟と呼ばれているものだった。

マイケルはネジ穴のサイズをマークとして、アレン・ボルトとシュワイツァー管工は、〝アレン・シュワイツァー〟として、タトゥーに彫ってあったのだ。
このシンクの後ろの壁に穴を開ければ、メンテナンス用の通路へ出られるはずだった。

3

マリクルースに手紙も書けず、声も聞けない現状に、スクレは鬱《うつ》々とした気持ちを持て余していた。ベッドに寝そべり、石の床にコインで〝愛している、マリクルース〟と所在なげに書いていたスクレは、ふと腕時計の日付を見て弾かれたように起きあがった。

「看守、聞いてくれ！　窓を開けろ！」

扉を激しく叩いてわめいていると、看守がうんざり顔で小窓を開けた。

「またか」

「彼女の誕生日なんだ！」

「そりゃ、めでたいな」

看守は取り合おうとはしなかったが、スクレは必死に懇願した。

「電話させてくれよ。100万ドルやるからさ」

「お前の財布を見たが、中身は40セントしか入ってなかったぞ」

そうからかうなり、看守は小窓を閉じてしまった。

「頼むよ！　おい、待ってくれ！」

スクレは為す術《すべ》もなく、がっくりと床にしゃがみこんだ。

そのころマリクルースは、ヘクターが運転するリムジンでクラブに乗りつけていた。リムジンには彼の遊び友達のゴージャスに着飾った女たちも2人乗っていて、クラブへと嬉々《きき》として降り立っていく。ヘクターは羽振りがよく優しかったから、女たちに人気があった。

だが、マリクルースは浮かぬ顔で車内にとどまっていた。誕生日を祝ってくれるというヘクターの誘いに乗って出かけてきたものの、このところずっと電話のないスクレのことが心配で羽目を外す気にはなれなかった。

「どうしたんだ、マリクルース？　早く降りろよ」

ジョン・トラボルタのような甘い顔立ちのヘクターが、満面の笑みで車内をのぞきこむ。マリクルースは作り笑いを浮かべた。

「いいの、ヘクター。行って」

「何言ってんだよ？」

「あたし、タクシーで帰るわ」

「なんだ、帰るのか？　来たばかりだろ」

マリクルースが哀しげに顔をそむけると、ヘクターはピンときたらしく訊いてきた。

「あいつから電話は？」

マリクルースは力なく頭を振った。すると、ヘクターが真顔になって言った。

「なあ、フェルナンドのことは俺も好きだが、どうしようもない奴さ。君は自分の人生を考えたほうがいい」

そのとおりかもしれない。面白くて気のいいスクレは大好きだったが、結婚は一生の問題だった。刑務所に入っているような男と結婚しても幸せにはなれないだろう。マリクルースの脳裏に、ぼさぼさの髪で安っぽい服を着た中年女の自分が、刑務所の夫婦面会に通っている光景が浮かぶ。一瞬後、マリクルースは甘えるような表情になり、上目遣いにヘクターを見つめた。

4

「ジャイルズさん、ちょっと話せますか?」

ケラーマンは、法廷から出てきたばかりのジャイルズの前に立ちはだかった。

「いや、今、取りこみ中で……」

ジャイルズが断わろうとすると、ケラーマンはシークレットサービスの身分証をさっと掲げ、有無を言わさぬ態度でロビーの片隅へと誘った。

「すみませんが公務ですので、お時間をいただきますよ」

そこにはヘイルが立っていて、ジャイルズが受付に預けてあった書類カバンを差し出した。

不快そうな表情でカバンを受け取ったジャイルズに、ケラーマンはあくまでも丁寧な口調でたずねた。

「バローズの件で情報開示を求めましたね?」

「ええ、それが?」

「記録では防犯カメラのテープをコピーされてますが?」

「そうです」

「理由をうかがっても?」

ジャイルズは苦々しげな表情をしたあとに答えた。

「バローズの元恋人のためです。無罪だと思ってるようなので、あれを見ればあきらめがつくと思ったんです」

「では、そのコピーは、今、彼女の手元に？」

横合いからヘイルが詰問口調で割りこむと、ジャイルズは気色ばんだ。

「構わないでしょう？　正当な情報の開示です。彼女にもあのテープを観る権利があります」

ケラーマンは愛想笑いを浮かべた。

「ええ、もちろんそのとおりです」

「もういいですか？」

その場から離れようとするジャイルズを、ケラーマンは押しとどめて言った。

「では、最後に一つだけ。そのバローズの元恋人の名前は？」


小雨が降りしきるなか、ベロニカはとある住宅街を訪れた。車を停めたベロニカが傘を差して車道に降り立ったとき、通りの向こうに建つ羽目板造りの2階家のポーチの階段を、中年の黒人女性が下りてくるのが見えた。

ベロニカは通りを小走りに渡って、郵便受けから郵便物を引き出している女に問いかけた。

「シモンズさんのお宅ですか？」

女は警戒心もあらわにベロニカを見やった。

「ええ、そうですけど」

ベロニカは名刺を差し出して言った。

「私、弁護士のベロニカ・ドノバンですが、クラブ・シモンズさんはご家族ですか？」

その名刺をまじまじと見た女は、いくらか表情を和らげて顔をあげた。

「私の息子よ」

「今、ご在宅ですか？」

「いいえ」

「どこに行けば会えます？」

「もう帰って。力にはなれないわ」

クラブの母親はポーチの階段をあがっていく。その姿を見あげて、ベロニカは食い下がった。

「ご迷惑は承知ですが、息子さんはある人の命を救えるかもしれないんです」

階段の途中で振り返った母親は、力なく頭を振った。

「あの子じゃ無理よ。死んだんだから」

ベロニカは衝撃を受け、その場に凍りついた。

「……お気の毒に」

やっとのことでお悔やみの言葉を口から絞り出し、重い足取りで車へと引き返していくベロニカを、2階の窓のカーテンの陰からそっとうかがっている若い女の姿があった。だが、ベロニカは少しも気づくことなく車に乗りこんだ。

ベロニカがオフィスに戻るやいなや、秘書のウェンディがドアから顔をのぞかせた。

「ルティシア・バリスさんから電話です」

ベロニカはデスクから顔もあげずに言った。

「知らないわ。用件を聞いて」

「クラブ・シモンズの恋人だったと言ってます」

その名前を聞いたとたん、ベロニカは受話器をつかんでいた。

「電話をどうも」

〝話を聞きたいなら、人目につくところにして。あいつらが近づけないように……〟

電話の向こうから脅えているような声が聞こえてきて、ベロニカは口を挟んだ。

「ちょっと待って。あいつらってだれなの？」

〝話を聞きたくないなら、電話を切るわ〟

ルティシアの苛立《いらだ》った声に、ベロニカはあわてて言った。

「切らないで！　時間と場所を教えて」

ルティシア・バリスが指定した場所は、ベロニカのオフィスからほど近い昨年オープンしたばかりのミレニアムパークだった。有名な建築家による劇場や音楽堂、前衛的なデザインのオブジェがあって大勢の人々で賑わっている人気スポットだ。

30分後、ベロニカは、おかしな顔が浮きあがって表情が変化する不思議な噴水のオブジェの前に立っていた。すると、いきなり背の高いドレッドヘアの黒人女性が話しかけてきた。

「あたしよ」

「来てくれてありがとう」

「気安くしないで。あたしたちはただの通りがかりよ」

ルティシアは落ち着きなく辺りに視線を泳がせながら言葉をついだ。

「ここなら、あいつらも手出しできないわ。あたしの男を殺した奴らが、リンカーンを罠《わな》にハメたのよ」

ベロニカはにわかには信じられなかったが、ルティシアの目に表れている脅えは本物だった。

「記録では、あなたの恋人はヘロインの打ちすぎで死んだって」

「そんなのあり得ない」

「違うの？」

「クラブは心臓病だったから、ヘロインはやってなかったわ。やったら死ぬって分かってたから。あの事件があった1週間後にヘロインの打ちすぎで死ぬなんて、偶然のわけがない。真相を知ってたから殺されたのよ。口封じのために」

新たな事実に、ベロニカは勢いこんだ。

「真相ってどんな？」

「あの事件の黒幕がだれかってこと。もちろんクラブじゃないわ。リンカーンは犯人じゃない。2人は知らないうちに連中の陰謀に利用されただけ……」

ルティシアが突然、口をつぐんで顔を強ばらせた。

「なんなの?」

ルティシアは通りの向こうに視線を投げかけていたかと思うと、くるりと背を向けてささやいた。

「あいつらよ」

「あいつらって、だれ?」

その視線を追いつつベロニカは食い下がったが、ルティシアはすっかり浮き足立っている。

「あたしのあとをつけないで。証言はしないから捜しても無駄よ」

「落ち着いて分かるように話して」

「あたしはできるだけ遠くへ逃げるわ」

そう言うなり、ルティシアは駆け出していった。

「ルティシア!」

ベロニカはあわてて呼び止めたが、ルティシアの姿はたちまち人ごみの中に消えてしまった。辺りを見渡しても、ミレニアムパークはあまりにも広いうえに混雑していて、怪しげな人物を判別することはできなかった。

だが、通りを隔てた木陰には、シークレットサービスのケラーマンとヘイルの姿があった。

ルティシアが逃げ出していくと、ケラーマンとヘイルは顔を見合わせ、ベロニカの様子をうかがった。

モンタナ州ブラックフットの山間の湖畔に、瀟洒《しょうしゃ》な別荘がひっそりと建っていた。キッチンに立った別荘の女主人が、2カラットはあるダイヤの指輪をはめた手でニンニクを刻んでいたとき、電話が鳴った。

「もしもし？」

電話に出た女主人に、相手の男は名乗ることなく告げた。

〝ある弁護士が嗅ぎまわっています〟

それだけで、女主人には十分だった。

「ベロニカ・ドノバンね？」

〝そうです〟

女主人は電話機を耳に挟んでニンニクを刻みつづけながら、事もなげに言い放った。

「たかが女弁護士の1人ぐらい、なんとかできるはずでしょ？　今のリスクを考えれば、できて当然だわ」

そのとき幼い女の子と男の子が居間のほうへ走りこんできた。女主人は子供たちのほうへ行きながら、電話の相手の男に声を潜めて指示した。

「私たちの脅威になる者は、1人残らず消すの。だれであろうと」

〝分かりました〟

「それじゃ頼んだわよ」

女主人はまるで花屋に花でも注文したような口調で念を押し、電話を切った。

受話器を置いたケラーマンは、首を左右に動かして音を鳴らした。彼女と話すと、どうしても緊張してしまう。ケラーマンにとってモンタナの別荘の女主人は、どんな要求でも逆らえない絶対的な権力者であった。

5

24時間の房内監禁処分が解け、囚人たちが運動場へ出されたとき、シーノートがマイケルに歩み寄ってきた。

「お前を誤解してた。約束のパグナックだ」

シーノートはマイケルの手のひらにパグナックの錠剤を落とした。

「ずいぶん遅かったな」

今から飲んでも検査に間に合うとは思えなかったが、シーノートは抜け抜けと言い放った。

「すっぽかすよりはマシだろ」

そのとき、フェンスの向こうから看守が叫んだ。

「スコフィールド、診察だぞ」

「どうかな」

マイケルは苦い表情でシーノートに答えて背を向けた。

「診療室で何してるのか、必ず突き止めてやるからな」

シーノートの声が追いすがってきたが、マイケルは振り向かなかった。

診療室の椅子に座ったマイケルの左手の人差し指を、サラはゴム手袋をはめた手で消毒し、検査キットの針を刺した。

「時間はかかる?」

マイケルが不安げにたずねる。サラは彼の人差し指に浮き出た血を小さな紙に移し取り、手ひらサイズのメーターにセットしながら言った。

「前は何時間もかかったけど、今は検査キットがあるから10秒で済むわ。この紙をセットしてスタート」

メーターをデスクに置いてゴム手袋を外したサラは、マイケルを見やってつづけた。

「知ってるでしょうけど、健康な人の血糖値は、平均100ミリ/デシリットル。だからそれに近い値なら糖尿病じゃないわ」

マイケルはうっすらと汗をかき、いつになく落ち着かない様子だ。手を握り締めたり、あちらこちらに視線を漂わせては、目元を押さえたりしている。

「緊張してるの?」

マイケルはハッとしてサラを見やった。

「そう見える?」

「汗をかいてるわ」

「注射針のせいだ。針ってどうも苦手でね」

「タトゥーを彫ったのに?」

サラが指摘すると、マイケルは口をつぐんだ。ちょうどそのときメーターに数字が表示された。サラはメーターを手に取り、マイケルに告げた。

「残念な結果よ」

メーターを彼に見せて説明する。

「180ミリ／デシリットル。完全に糖尿病だわ」

すると、マイケルはうれしそうな笑みを浮かべた。その様子をサラが観察していると、マイケルが訊いてきた。

「ほかには何か？」

「また注射をつづけるわ」

「分かった」

マイケルは目を輝かせ、勢いよく立ちあがった。

「じゃ水曜に」

診察室から出ていったマイケルと入れ違いに、看護師のケイティーが入ってきた。

「いい男ね」

「囚人よ」

サラはマイケルのカルテを見ながら考えこんだ。

「彼って何か変な感じがするのよね」

「どこが？」

「糖尿病だって診断されたのに、なんだか喜んでたみたいだったわ」

サラは頭を振って、つぎの患者のカルテに目を移した。

間一髪で検査をすり抜けたマイケルは、上機嫌だった。これでようやく脱獄の準備を軌道に乗せることができる。そう密かに思いながら、看守に伴われて診療室のある管理棟の階段を下りていくと、ベリック看守長がコーヒカップ片手に現れた。

「ここからは俺に任せろ」

部下を帰したベリックは、マイケルの腕をつかんで口笛を吹きながら運動場へ向かった。なぜかベリックもご機嫌のようだ。マイケルは訊いてみた。

「何かいいことでもあったんですか?」

ベリックは珍しく愛想よく応じた。

「今朝は目覚めがよかったんだ」

運動場へ入るフェンスの扉の前まで来たとき、ベリックが言った。

「ちょっと待て。砂糖を忘れた。そこを動くなよ」

ベリックは後ろにある倉庫の中へ入っていく。その直後、どこからともなく3人の白人の男たちが現れ、マイケルを囲んで裏のほうへ押しやった。

「何するんだ?」

「いいから一緒に来い!」

男たちはマイケルを物置に連れこんだ。そこにはアブルッチが待っていた。

「お前としばらくお遊びをしてきたが、それも今日で終わりだ」

アブルッチは自分が腰を乗せている作業台を叩いて、横に座るようマイケルをうながした。立ちすくんでいるマイケルを、男たちが作業台へと押しやる。横に座ったマイケルに、アブルッチが訊いた。

「フィバナッチをどうやって見つけた？　奴は今、どこだ？」

「答えるわけにはいかない」

マイケルがいつもの言葉を繰り返すと、アブルッチは男たちに目で合図した。１人の男がマイケルを背後から押さえつける。あとの２人がマイケルの両脚をロープで縛り、左足のブーツとソックスを脱がせにかかった。

マイケルは必死にもがいたが、アブルッチを含めた４人の男たちに押さえつけられていては、為す術もなかった。裸足のマイケルの小指に、男の１人が植木鋏《ばさみ》をあてがう。これから自分の身に起ころうとしていることを察し、マイケルは恐怖に青ざめた。

「３つ数える」

そう言って、アブルッチは人差し指を掲げた。

「ワン」

マイケルは恐怖に押しつぶされそうになりながらも、懸命に声を振り絞った。

「教えたら俺を殺す気だろ。分かってるさ」

「ツー」

「出たら教えてやるが、その前には絶対に言わないぞ」

「今、教えろ」

「それは断る」

「いいか、これが最後のチャンスだぞ」

長い沈黙が流れ、マイケルの視線は、自分の小指とアブルッチとの間を忙しなく移動した。

「スリー！」

アブルッチが声を発した瞬間、マイケルはぎゅっと目を閉じた。

第3章　セルテスト

CELL TEST

1

足の小指を切り落とされても、マイケルは気丈にも歯を食いしばって堪《こら》え、悲鳴をあげなかった。物置から漏れていたのは、男たちの下卑た笑い声だけだ。２本目の薬指が切り落とされた直後、男たちの笑い声を不審に思ったらしく１人の看守が物置に入ってきた。

「大変だ！」

看守はあわてふためき、大声で同僚を呼んだ。

「早く来てくれ！」

アブルッチはマイケルの傷を押さえるふりをし、すばやく切り落とされた２本の指を拾ってソックスで包んだ。

「どうした?」

駆けつけてきた看守たちに、アブルッチは抜け抜けと告げた。

「事故だ」

「俺につかまれ」

2人の看守が両脇からマイケルを抱え、物置から連れ出していった。アブルッチが血に染まった手でマイケルの指を包み直していると、ベリック看守長が表情を強ばらせて入ってきた。

「失せろ」

ベリックは男たちを一喝して外に出し、渋い顔でアブルッチを問いただした。

「話をするだけのはずだろ?」

事が公になると、刑務官の責任問題になるのだ。だが、アブルッチは平然とうそぶいた。

「話したさ。だが、ちょっとばかり熱くなっちまって」

アブルッチの組織からたっぷりと賄賂《わいろ》を受け取っているベリックは、それ以上は何も言えず、彼の手の中の血に染まったソックスを困惑して見つめた。


「先生、頼む!」

看守から連絡を受けたサラは、診療棟のエレベーターの前で待っていた。

「急いで麻酔薬を用意して!」

サラは看護師に指示し、看守たちの先に立ってマイケルを診療室へ運ばせた。看守たちがマイケルを診察台に座らせると、サラはすばやくゴム手袋をつけながら語気を強めて彼らに言った。

「もういいわ。あとは私に任せて」

看守たちがいては、マイケルから本当の話を聞き出せないからだ。左足に巻かれたタオルが真っ赤に染まり、マイケルはショックと痛みですすり泣いている。

サラは毅然《きぜん》とした態度で看守たちを追い出し、診察台に歩み寄った。

「じゃ傷を見せて」

タオルを取ろうとしたサラの手をマイケルが押さえこむ。

「大丈夫、大丈夫よ」

サラはなだめるようにささやきながら、そっとタオルをはがし取った。2本の指が切り取られた無惨な足があらわになる。目を閉じて診察台に横たわったマイケルに、サラはたずねた。

「何があったの?」

マイケルは涙をすすりあげて答えた。

「……何も」

「そんなわけないでしょ。何があったのかちゃんと話して」

囚人によるリンチは、刑務所では珍しくなかった。

「話したくない。悪いけど……」

痛みを堪えるマイケルの頬に、一筋の涙が伝い落ちた。

マイケルの応急処置を終えたサラが診療室から出ていくと、ベリック看守長が部下の看守たちに何事か言い含めているところだった。

サラはベリックに報告書を渡して言った。

「調査するべきよ」

ベリックは礼儀正しく制帽を取り、笑みを浮かべた。

「いや、原因は分かってる」

「その原因ってなんなの？」

「床にあった植木鋏《ばさみ》を踏んだんだ」

「で、ブーツの中まで刃が貫通したってわけ？」

「そういうことだ」

「それじゃどうしてブーツが脱げてたのかしら？」

サラが鋭く指摘すると、ベリックは開き直った。

「言ったろ、先生。俺たちに任せてくれ」

ベリックはマイケルを見舞うこともなく、硬い表情で立ち尽くすサラをその場に残し、部下たちをうながして引きあげていった。


本来ならしかるべき病院に収容されるべきだったが、マイケルは病棟に入ることさえ拒否し、数日間、監房で安静にしただけで刑務作業に出た。

その日は運動場の清掃をすることになっていた。リンカーンが独房の囚人用の運動場に出てくると、マイケルは清掃するふりをして近づいていった。

フェンスごしにマイケルから事情を聞いたリンカーンは、歯ぎしりして怒りをあらわにした。

「あの野郎！　殺してやる！」

「だめだ。殺したら出られなくなる」

マイケルは痛そうに足を引きずりながらも、兄をなだめた。

「何もしなかったら、お前が殺されてしまう」

遠くに見えるアブルッチをにらんでいるリンカーンに、マイケルはいつもの淡々とした口調でたずねた。

「トップフライトチャーターって知ってるか？」

「ああ」

「中西部にいくつか小さな飛行場を持ってるローカルな航空会社だ。その飛行場の一つはここから16キロ先。親会社はアブルッチの架空会社だ。奴を引き入れる。外に出たら、奴と一緒に高飛びするつもりだ」

「あんな悪党に賭《か》けるっていうのか？」

リンカーンは怒りが治まらない様子だ。

「実行する段になったら、思いきりも必要だ。あとはちょっとした信頼関係だが」

「アブルッチなんか信用できるか！」

「奴のことを言ってるんじゃない」

マイケルは少し先に視線を投げかけた。そこにはつい今しがた懲罰房から出されて、運動場へ向かっているスクレの姿があった。

「鍵を握ってる男がもう1人いて、そいつしだいですべてが決まる。外にいるときは、それがだれか分からなかった」

弟の視線を追ったリンカーンは、顔色を変えた。

「スクレか？　冗談だろ。あいつは泥棒だ。信用できない」

「信用するしかないんだ。同じ房だからな」

「大丈夫か？」

「まだ分からない」

「あいつに話したら、皆にバレて計画は終わりだ」

リンカーンは不安そうにスクレを見つめていたが、今こそ事前に考えていたある計画を実行するときだった。マイケルはきっぱりと言い放った。

「仲間にしないと房の壁に穴を開けられない。穴がなければ、脱出は不可能だ」

懲罰房から出てきたスクレは、さっそく運動場にある電話ボックスの一つにへばりつくようにして、マリクルースの携帯にかけた。だが、何度かけても留守番電話になっていた。もしかしたらずっと電話がなかったことで、怒っているのかもしれない。せめて電話ができなかった事情を彼女に伝えたい。スクレは自宅にかけてみた。

〝ただ今、留守にしてます。発信音のあとにメッセージをどうぞ〟

自宅も留守番電話になっていたが、もうすぐ運動の時間が終わろうとしている。スクレは思い切って呼びかけてみた。

「マリクルース、いねえのか？ いるなら電話に出てくれよ。懲罰房にいたんだ。お前のこと想ってたぜ。お前の体をな……体を思い出してた」

〝もしもし？〟

ニヤつきながら話しかけていたスクレは、電話に出てきた女性の声に顔を強ばらせて口調を改めた。

「……お母さん？ どうも、お元気ですか？ フェルナンドです。彼女の携帯にかけてたんですが、ずっと留守電になってて」

〝じゃ電源、切ってるんでしょ〟

マリクルースの母親はそっけない。それでもスクレはめげずにたずねた。

「彼女がどこにいるか分かりますか？」

〝もちろん居場所は知ってるわ〟

「どこです？」

〝ヘクターと一緒よ〟

スクレは顔色を変えた。

「ヘクター？」

〃そうよ。きっとショッピングモールね〃
「彼女に携帯の電源を入れるよう伝えてもらえませんか？　あなたに嫌われているのは分かってます。でも、俺と彼女は愛し合ってるんです。結婚するんですから」
スクレがいつになく真剣な口調で話すと、彼女の母親も切々と訴えかけてきた。
〃あなたに分別があって、あの子をほんとに愛してるならそっとしておいて〃
彼女の母親が何を言いたいのか痛いほど分かってはいたものの、スクレは訊かずにはいられなかった。
「どういう意味です？」
そのとたん、電話は切れた。スクレは悔しまぎれに受話器を叩きつけたが、それでマリクルースへの未練が断ち切れるはずもなかった。

刑務作業で、スクレはマイケルと一緒に洗濯室の壁のペンキ塗りをしていた。するとマイケルが看守の目を盗んで作業服のポケットから黒い携帯電話を取り出し、布ですばやく包んだ。それを配電盤の中に隠しているのを見て、スクレは唖然《あぜん》として訊いた。

「それ、まさか携帯？」

「見間違いだよ」

マイケルは冷ややかに答え、配電盤の扉を閉めた。スクレは不安でいっぱいになり、やきもきしながら言った。

「携帯の持ちこみは、絶対禁止なんだぞ。自動的に刑期が2年加算される」

「見つかればな」

平然とうそぶくマイケルに腹を立て、スクレは思わず声を荒げた。

「見た俺もヤバい立場になるんだぞ！」

「シー！」

スクレを制して、マイケルは何事もなかったかのような涼しい顔をしている。スクレの苛立《いらだ》ちは頂点に達した。

「お前は電話し放題か？」

マイケルはこれまでにない怖い表情で、スクレをひたと見すえた。

「妙なことは考えるな。お前は何も見なかったんだ。いいな？」

だが、見てしまったものを忘れられるわけがない。それが喉《のど》から手が出るほどほしい携帯電話だったから、スクレはなおさらのこと気になった。


刑務作業に使われる工具類のメンテナンスは、手先の器用なブルースと呼ばれている巨漢の囚人に任されていた。

口とあごに黒々としたひげをたくわえた顔に、大きな黒縁のゴーグル式のメガネをかけ、首に黒い十字のタトゥーを入れているブルースは、以前は農機具工場に勤めていた工員だった。

若い女性ばかり7人をつぎつぎと自宅の地下室に監禁し、レイプしたうえに拷問して死に至らしめた複数の殺人罪で終身刑に服している。

ブルースが作業をしている部屋は工具工場と呼ばれていて、金網で仕切られ、ほかの囚人は看守の許可なく立ち入ることはできなかった。囚人たちが泣いて喜ぶ武器になるような物が山ほどあったからだ。

その工具工場に、ティーバッグがぶらりとやってきた。看守に高い鼻薬をきかせたらしい。

「殺す道具がいる」

「道具なら揃《そろ》ってる」

ブルースは事もなげに言った。実は彼は〝ナチグループ〟と呼ばれているティーバッグの仲間の1人だった。ナチグループは彼らと似たような罪を犯した者たちが寄り集っていた。

ティーバッグは身振りでブルースに耳を寄せるよう合図し、声を潜めた。

「ゆっくりと始末してえ。そいつが極限の苦痛を味わって、早くとどめを刺してくれと叫ぶようなやつだ」

「なるほどな。いいのがある」

ブルースはニヤリとし、おもむろに監視カメラの死角になっている部品棚へ行った。床にしゃがんで棚の底からナイフを取り出し、ティーバッグにそっと見せる。そのナイフは、刃の部分がぎざぎざになっていた。

「ガッターだぜ。別名、腸《はらわた》ミキサー。これで腹を刺せば、内臓《ガット》が刃に引っかかる。引き抜くときに哀れな獲物の内臓を引きずり出す。本人もそれを拝めるわけさ。すぐには死にはしないからな。少なくとも感染症になるまではな」

ティーバッグは舌なめずりしてそれを受け取ると、持ってきた辞書の間に挟んでブルースにささやいた。

「お前は最高のサイコ野郎だな」

ひげで覆われた口元にじんわりと笑みが浮かび、ブルースはうそぶいた。

「光栄だよ」


刑務作業で再び洗濯室に入ったスクレは、少し離れた位置から配電盤を食い入るように見つめていた。マイケルが隠したあの携帯電話がどうにも気になって仕方がなかった。携帯電話さえあれば、いつでもマリクルースに連絡が取れる。ずっとかけつづけていれば、絶対に彼女が電話に出るときがあるはずだ。そう思う一方で、処罰を受け、仮釈放が取り消しになるのも怖い。気にはなるものの、配電盤を開けて手に取ってみる勇気はなかった。

だがあれ以来、携帯電話のことは常に頭の中を占めていて、仲間の囚人たちと話していても、ついそれとなく話題してしまう。スクレは秘密をそう長く胸にしまっておける性格ではなかった。

その日も運動場に出たスクレは、携帯電話をネタにしたホラ話を身振り手振りもおかしく仲間たちに話していた。

独房受刑者用の運動場に出てきたリンカーンは、フェンスごしに遠くの一般受刑者用の運動場で携帯電話をかける仕草をしているスクレに気づいた。リンカーンはしばし考えこんでいたが、独房に戻されたとき、たまたま通路の先にいたベリック看守長を呼んで言った。

「外に出る時間を増やしてもらいたい」

足枷《あしかせ》を担当の看守に外してもらうため、ひざまずいているリンカーンを、ベリックは意地の悪そうな笑みを浮かべて見下ろした。

「ペンキの匂いで頭がイカれたか？」

「携帯は禁止だよな？」

リンカーンのひと言で、ベリックの顔から笑みが消えた。

「だれだ？」

「外に出る時間の延長とタバコ、2本だ」

刑務所の中ではすべてが取り引きの材料になる。ただで情報を与えるような お目出度い奴などいない。

「30分の延長とタバコ1本」

ベリックは抜け目なく値切ってきた。どうせ値切るだろうと踏んでいたリンカーンは小さくうなずき、房の中に入ってから言った。

「スクレだよ」

ベリックの目がきらりと光り、独房の扉が音を立てて閉じられた。

「どうも分からないな、ジョン」

フィリー・ファルゾーニが、再びアブルッチの面会に訪れていた。大陪審が1ヶ月後に迫っているというに、マイケルの口を割ることができないアブルッチに業を煮やしてやってきたのだ。

「オットー・フィバナッチの裏切りで、お前は終身刑を食らったんだぞ。だが、奴を捜そうともしねえ」

「そいつは違うぜ」

「失う物が何もないからか？　それともムショのほうが、居心地がよくなって呆けてしまったのか？　俺には分からん」

自分の身が可愛いだけのファルゾーニの皮肉を、アブルッチは鼻で笑って聞いていた。

「フィバナッチは来月、証言する。そうしたら俺もここへ入る羽目になる。そんなことはごめんだ」

ファルゾーニが本音を漏らすと、アブルッチは嫌味たっぷりに言った。

「お前には、ここは似合わねえな」

それから彼の服装を見やった。

「洒落《しゃれ》たスーツにネクタイだ」

ファルゾーニは2000ドルはするに違いないスーツを着て、デザイナーズ・ブランドのネクタイをつけ、胸には派手な色のシルクのポケット・チーフをあしらっている。そんな彼が囚人服を着たところを想像するとおかしさがこみあげて、アブルッチは声に出して笑った。

ファルゾーニは気まずそうにしながらも虚勢を張った。

「そのとおりさ。さっさと本題に入ろう。例のガキはフィバナッチの居所を吐いたのか？」

アブルッチは黙ったままシャツのポケットから小箱を取り出してテーブルの上へ置くと、ファルゾーニのほうへすべらせた。

ファルゾーニはとっさに看守のほうをうかがってから、アブルッチにたずねた。

「なんだ？」

「お前への贈り物だ」

箱を開けたとたん、ファルゾーニは顔をしかめた。

「例の男の？」

「あいつは口を割らねえ」

ファルゾーニは深々とため息をついた。

「それならそれで別の方法を試すべきじゃないか？　ムショにはもっと効き目のある脅しがあるだろう。肉体的苦痛よりも」

「俺を信用してねえのか？　やると言ったらやる」

アブルッチが苛立った素振りを見せると、ファルゾーニは少し間をおいてから言った。

「前は確かにそうだったがな」

そのとき面会所のドアが開き、幼い女の子と男の子がファルゾーニの手下に連れられて入ってきた。2人の我が子の姿を見たとたん、アブルッチの表情は凍りついた。

「パパ！」

子供たちがアブルッチのもとへ駆け寄ってくる。いち早く女の子のほうが彼のひざに乗った。

「もう聞いた？　ビッグニュースよ！」

アブルッチは目をファルゾーニに釘づけにして、娘に作り笑いを浮かべた。

「なんだ？」

女の子はファルゾーニを指差し、嬉々《きき》として答えた。

「フィリーおじさんと湖に行って泊まるのよ！」

「ああ、きっと楽しいぞ」

ファルゾーニはアブルッチの娘に満面の笑みで応えてから、その顔を父親に向けた。

「そうだよな。お前はやると言ったらやる男だ。信頼してるぜ。じゃ居所を聞き出せよ」

娘を抱き寄せるアブルッチの表情は再び凍りついていた。ファルゾーニは身をもって〝肉体的苦痛よりも、もっと効き目のある脅し〟とやらを、アブルッチに教えたのだった。それは確かに刑務所に入っていて手も足も出せない者にとっては、肉体的苦痛よりもはるかに恐ろしいことだった。

2

「前歴もない優等生ね。それが麻薬の密売未遂で逮捕されるなんて」

母親のリサに付き添われて保護観察事務所を訪れたＬＪに、保護観察官のジェネー・アービングは書類を見ながらため息まじりに言った。

「恵まれた暮らしは退屈かしら？」

ＬＪは素直に答えた。

「反省してます。もうやりません」

「そう願いたいわ。お母さんと話したけど、考慮すべき事情があるようね」

ジェネーが暗に父親のことをほのめかしたとたん、ＬＪの表情は強ばった。

「刑務所にいる男なら、今回のこととは関係ありません」

リサが見かねたように口を挟んだ。

「あなたの父親でしょう？」

「あいつは社会のゴミだ。死ねばいいさ」

「ＬＪ……」

母子のやり取りをじっと観察していたジェネーは、いくぶん声に同情をにじませた。

「父親への強い怒りが道を誤らせたのね」

だが、ＬＪは俯《うつむ》いて目を合わせようとはしない。ジェネーは厳しい口調で指示した。

「繰り返さないよう週に一度、面談に来ること。毎週金曜に1時間。ちゃんと学校へ行って、成績も維持しなさい」

覚悟してきたＬＪは、明瞭な返事で応じた。

「はい」

「それから父親への怒りと向き合うために、刑務所での更正プログラムに参加すること。毎週教育係に会って話すように。将来を見直せるわ」

「教育係って？」

ＬＪがたずねると、ジェネーは事もなげに答えた。

「お父さんよ」


死刑囚は処刑の日が近づくと、最期に会いたい人の希望を書いた書類を提出することになっている。その書類をリンカーンが白紙のまま提出すると、ポープ所長じきじきに彼の独房にやってきた。

「なぜ家族の名前を書かない？」

所長に問われ、リンカーンは淡々と答えた。

「処刑されるところを家族に見せてどうする？」

「私はいろいろな人の最期を見てきた。独りで逝く者や、堂々と演説をする者もいる。だが大抵の者は家族を呼び寄せるぞ。この世を去る前に」

所長の最後の言葉が胸に突き刺さり、リンカーンは顔をそむけて生唾《なまつば》を飲みこんだ。

「……俺は独りでいい」

所長は真剣な面持ちで説得にかかった。

「いいか、聞いてくれ。独りを選んだ死刑囚は皆、最期になって後悔する。この書類は君に預けておく。処刑までもう1ヶ月もないんだ。よく考えてみろ」

所長はベッドに書類を置き、房から出ていった。考えなくともリンカーンが最期に顔を見て抱き締めたい者は、ごくかぎられていた。


マイケルの面会に訪れたベロニカは、ぎこちない足取りで面会所に入ってきた彼を見て、開口一番、たずねた
「その足はどうしたの？」

「大丈夫だ」

言葉とは裏腹に、マイケルの表情はいつになく冴えない。頬《ほお》がこけ、目の輝きが失われている。たった1週間あまりですっかり様変わりしたマイケルを、ベロニカは痛ましげに見つめた。

「ひどい目に遭《あ》わされたのね、ほかの囚人たちに。ここにいたら殺されるわ」

マイケルは話題を変えた。

「君が話したっていう女の名前は？」

ベロニカは彼に、電話で新たな情報提供者が現れたことを伝えてあった。

「ルティシアよ」

「ルティシア・バリスだろ?」

ベロニカは驚いて聞き返した。

「どうして知ってるの?」

「去年、僕も君と同じように真相を探ってたんだ。だが、底なし沼だった。最初から計画されてたんだ。だれかが真相を探り当てるころには、兄さんは死刑になっているようにね」

マイケルの味わってきたであろう苦悩を思うと、ベロニカは胸が痛んだ。

「なぜ黙ってたの?」

「判決が出て刑が確定してから、死刑執行の日まで半年もなかった。底なし沼をさまよって兄さんを死なせるより、自分のやり方でやろうと考えたんだ」

「その必要はないわ。ルティシアから情報を聞き出せれば、再審請求ができる」

ベロニカの言葉を聞いて、マイケルの目に輝きが戻った。

「彼女はなんて?」

「事件の裏に潜んでる者がいるって」

「だれだ?」

「脅えていて話さなかったわ。今日の午後、彼女に会いに行ってみる」

ベロニカは法律事務所の調査員にルティシアの現在の居場所を調べてさせていた。そのとき面会時間終了を告げるベルが鳴り響いた。立ちあがったベロニカに、マイケルは言った。

「危険だから、だれか護衛役を連れていくといい」

「だれを？」

マイケルはいくぶんいたずらっぽい表情になって答えた。

「君の婚約者だ」

ベロニカも苦い笑みを浮かべる。

「リンカーンのために、セバスチャンをつき合わせるなんてできないわ」

「気をつけて」

「あなたも」

ベロニカは短い言葉に精いっぱいの気持ちをこめてささやき、面会所をあとにした。

ルティシアの住まいは、ミレニアムパークからほど近いところにある古びたアパートメントだった。ベロニカが玄関を入ったとき、階段を若い黒人女性が下りてきた。

「あの……ルティシア・バリスさんは？」

「5号室よ」

「どうも」

ベロニカは狭くて急な木造の階段をあがっていった。5号室は階段をあがってすぐのところにあったが、ドアがわずかに開いていた。嫌な予感がしたベロニカは、そっとドアを押し開け、部屋の中に足を踏み入れた。

「バリスさん？」

呼びかけながら辺りを見渡す。衣類が山積みになった旅行バッグが床に置かれていた。キャビネットの引き出しやクローゼットの扉も開いたままになっている。ルティシアはどこか旅に出る支度をしていたようだ。それもかなりあわてていたらしい。いったい彼女の身に何があったのだろうか……。

「動いたら撃つわよ！」

突然、拳銃を構えたルティシアがクローゼットの中から飛び出してきて、ベロニカはぎょっとしてその場に凍りついた。

「落ち着いて」

ルティシアの目には涙があふれ、体が小刻みに震えている。

「あんたもあいつらとグルだね」

「えっ？」

「あたしはばかじゃない。電話の盗聴や監視にだって気づいてるわ」

ベロニカは恐怖で口の中がカラカラになるのを感じながら、必死に言葉を絞り出した。

「怖いのは分かるわ。私も怖いから。でもお願い。銃を下ろして」

ルティシアの表情が緩んだのを確認したベロニカは、床の旅行バッグを目で示してたずねた。

「どこかへ行くの？」

「アイルランドよ」

ルティシアは銃を下ろし、部屋の中を忙《せわ》しく動きまわって旅支度を再開した。

「あなたが行ってしまったら供述を取れなくなるわ」

「だけど、生きてはいられるもの」

ベロニカは懸命に説得にかかった。

「私は敵じゃないわ。お願いだから信じて」

「じゃなぜここへ忍びこんだの？」

「無事を確かめに来たのよ」

ルティシアは皮肉っぽい笑みを漏らした。

「なぜ急にあたしのことを心配してくれるわけ？」

「そういうわけじゃないけど……」

「やっと本音が出たわね」

ルティシアが足を止めて顔を向けると、ベロニカはここぞとばかりに言い募った。

「あなたはリンカーンの命を救えるかもしれない。きっとあなたの恋人を殺した犯人の正体だって暴けるわ。殺されたのがあなたなら、恋人のクラブは戦ってくれたんじゃないの？」

ルティシアは再び脅えた表情になった。

「あたしは彼ほど強くないわ。あいつらとは戦えない」

「私が戦うわ」

ベロニカは自信たっぷりに言った。法廷での弁論のときのように、少なくともそう見えるよう努めた。

「あなたは私のオフィスに来て、知ってることを話してくれればいいの。供述書にサインしたら、私が空港まで送るわ」

ルティシアはベロニカを値踏みするかのように見つめていたが、その目がしだいに揺らぎはじめた。

「あなたの恋人とリンカーンの関係は?」

ベロニカは説得に応じたルティシアをオフィスまで同行すると、さっそく聞き取り調査を行なっていた。

「リンカーンがクラブに9万ドル、借りてたの。それが突然、返済された。クラブはお金を抱えて喜んでたわ」

ベロニカのデスクの端に腰を乗せたルティシアは、弁護士のオフィスに来て安心したのか、落ち着いた様子で話している。ベロニカはパソコンのキーを叩きながら質問をつづけた。

「リンカーンが9万も一度に返したの?」

「いいえ、お金を出したのはリンカーンじゃないわ。あいつらが払ったのよ」

「あいつらって?」

ルティシアは答えをためらい、顔をそむけて立ちあがった。

「大丈夫。ここにいれば安全よ」

ベロニカに励まされ、ルティシアはようやく重い口を開いた。

「知らない男が家に来たの。クラブに言われて、あたしは外に出たわ。デカい取り引きのときは、いつもそうだったわ。でもそのときは、いつもの取り引き相手とはぜんぜん違う人種だった」

「どんなふうに？」

「窓から見てて分かったの。男が通りに出ていくと、ダークスーツを着た男が2人、近づいてきて車のドアを開けた。彼らのあの独特な表情……」

「独特？」

「ええ、人を見下すような感じの冷酷な表情。きっと政府の人間よ」

ルティシアの口から飛び出たあまりに唐突な話に、ベロニカは驚いてたたみかけた。

「政府がリンカーンの借金を払ったの？　クラブは何か見返りを求められた？」

「聞いてないわ」

「じゃここまでをすぐ文書にするから、少しだけ待ってくれる？」

ルティシアが黙ってオフィスから出ていこうとして、ベロニカはあわてて声をかけた。

「どこへ？」

「一服してくるわ」

「タイプはすぐに済むわ」

「タバコもね」

そう言うと、ルティシアはすばやく廊下へ出ていった。

ドアが開いた気配に、てっきりルティシアが戻ってきたと思ったベロニカは、パソコンの画面を見つめたまま声をかけた。

「一服したの？」

「私は吸わない」

男の声が聞こえて、ベロニカはぎくりとして顔をあげた。ダークスーツ姿の男が、勧められもしないのにデスクの前の椅子にどかりと腰を下ろした。

「脅かす気はなかった。シークレットサービスのケラーマンです」

ケラーマンは笑みを浮かべて手を差し出してきた。いつの間にか自分のオフィスに忍び入っていた男の存在に、ベロニカはにわかにルティシアの身が心配になった。硬い表情で握手に応じると、ケラーマンは一方的にしゃべりはじめた。

「情報によると、あなたはリンカーン・バローズの裁判で証拠となった、監視カメラのテープのコピーを入手したそうですね？」

「それが何か問題ですか？」

「追跡調査です」

ベロニカはすばやく立ち直り、弁護士口調で切り返した。

「情報開示法が、私の知らない間に改正でもされたんでしょうか?」

ケラーマンは答えに窮したような曖昧《あいまい》な笑みを浮かべた。

「よくありますよね。死刑執行が近づくにつれ、最後の最後で判決がくつがえることが……」

ベロニカは鋭くさえぎった。

「すみません。それがシークレットサービスになんの不都合があるのか、よく分かりませんが?」

「不都合など……。検察側はあらゆる点において有罪を立証しましたから、我々は確信してます。間違いはないとね。しかし、もし万が一、無罪を立証する何かが出てきたら協力します」

その言葉が額面どおりでないのは明らかだ。ケラーマンはベロニカの動きを牽制《けんせい》しに来たに違いない。ベロニカは皮肉をにじませた笑みを浮かべて立ちあがり、手を差し出した。

「ご親切にどうも。わざわざいらしていただいてありがとうございます」

握手を交わしてすかさず要求する。

「お名刺、いただけますか?」

「もちろん」

ケラーマンは名刺を差し出して言った。

「いつでもお電話ください」

「ありがとう」

ケラーマンが出ていくと、ベロニカは名刺に目を落とした。ルティシアの言葉が脳裏によみがえる。ケーラマンこそ、まさに〝ダークスーツ姿の政府関係者〟だ。ベロニカは急いでオフィスを飛び出した。

受付ロビーにルティシアの姿は見当たらなかった。休憩室にも彼女の姿はなかったが、灰皿の上に吸いかけのタバコがあった。それを目にしたとたん、ベロニカは身をひるがえした。

ベロニカがビルのエントランスから飛び出していったとき、通りの向こうに停められた車に、ケラーマンが乗りこむのが見えた。車は急発進して走り去っていく。為す術《すべ》もなく車を目で追っていると、携帯電話が鳴った。ディスプレイには〝セバスチャン〟と表示されている。

そのときになってベロニカはセバスチャンとの約束を思い出し、あわてて電話に出た。

「ごめんなさい」

〝どこにいるんだ?〟

案の定、セバスチャンは怒っているような口調だ。だが、あまりにも間が悪い。

「今はそれどころじゃなくて……」

〝結婚式の打ち合わせのはずだろ? コーディネーターも業者も待ってるんだぞ〟

「ほんとにごめんなさい。今は話す時間がないの」

ベロニカは一方的に電話を切ると、最悪の気分でため息をつきながらオフィスへきびすを返した。

披露宴会場に予定していたリバーサイドレストランに駆けつけたベロニカは、バルコニーのテーブル席で憮然《ぶぜん》としているセバスチャンの姿を見つけ、向かいの席についた。テーブルの上に置かれた彼の手に自分の手を添えて告げる。

「ごめんなさい。リンカーンの件を知っている女性が、今日、急に姿を消したの」

セバスチャンは引きつった笑みを浮かべた。

「率直に聞くよ。結婚する気はあるの? ないの?」

ベロニカは正直な今の自分の気持を口にした。

「……分からない」

セバスチャンは手を引いて低くうめいた。

「……やっぱり」

「ねえ、延期はどう? 今は結婚できないわ。時機が悪いもの」

ベロニカは提案したが、セバスチャンは硬い表情できっぱりと言った。

「結婚を延期したいなら、もういい。やめよう」

「……ごめんなさい」

セバスチャンは無理やり笑みを浮かべて立ちあがった。

「僕は明日、出ていく」

立ち去っていく婚約者を、ベロニカは追おうとはしなかった。それどころか、心のどこかでほっとしている自分に気づいていた。

田舎道を走ってきたケラーマンたちのセダンは、やがて森の入り口のうっそうとした樹木の陰に停まった。

ヘイルとともに車から降り立ったケラーマンは、深呼吸した。

「ああ、いい空気だな」

のんびりとした口調で言いながら、トランクへまわりこむ。

「この森の奥に小屋を持ってる友人がいて、狩猟をして楽しんでいる。いいもんだぜ」

その言葉は、銃声がしてもこの辺りではだれも気にしないということを暗に匂わせていた。

ヘイルが緊張した面持ちで辺りへ目を配るなか、ケラーマンはトランクを開けた。そのとたん、後ろ手に縛られて口をテープで塞がれているルティシアが、うめき声をあげて足を繰り出してきた。

「押し戻せ」

ケラーマンはヘイルに指示し、彼が足を押し戻している隙《すき》にルティシアを抱えて外に引っ張り出した。ケラーマンは彼女の頬にビンタを食らわせ、ヘイルに命じた。

「奥で殺《や》れ」

ヘイルはもがくルティシアを押さえこみながら言った。

「そこまでする必要は……。こんな女の話はだれも信じない」

ルティシアもすがるような目を向けている。その目を見つめて、ケラーマンは冷ややかに言い放った。

「いいから森の奥へ連れていくんだ」

なおもためらうパートナーの様子に、ケラーマンは怒声をあげた。

「行け！」

その声に気圧《けお》されるようにして、ヘイルはついにルティシアを森の中へと引っ張っていった。奥まった空き地にルティシアを押し倒したヘイルは、くぐもった悲鳴をあげている彼女の肩を押さえつけながら腰の拳銃を引き抜いた。

「すまない。恨むなよ」

ちょうどそのとき、クラクションが聞こえてきて、ヘイルは思わず音がしたほうを振り返った。その隙に、ルティシアは彼の手を振り切って走り出した。ヘイルはあわてて逃げていく彼女へ向かって発砲した。1発目はそれたが2発目の弾が脚に命中し、ルティシアは前のめりに倒れこんだ。

それでもルティシアは必死に起きあがろうともがいている。ヘイルが銃を構えて駆け寄っていくと、ルティシアははがれかかったテープの隙間から声を出して必死に懇願した。

「やめて！　お願い！」

ヘイルは引き金を引くことができずにその場に立ちすくんだ。

「助けて」

ルティシアが再びかすれた声を振り絞った刹那《せつな》、1発の銃声がして彼女の頭から血が噴き出し、体が魚のように跳ねあがって地面に倒れた。横合いに、ケラーマンが硝煙のあがる拳銃を構えて立っていた。

ケラーマンは動かなくなった証人を冷ややかに見下ろし、ヘイルに命じた。

「薬莢《やっきょう》を拾っておけ」

3

ベリック看守長に呼び出されたスクレは、何事かと不安に駆られ、首から下げた十字架を手でまさぐりながら管理事務所の一角に立っていた。ベリックはいつになく笑みを浮かべている。彼の笑みは何か魂胆がある証拠で、要注意だった。

「夫婦面会室で彼女と会ってるな？　いい思いしてるんだろ？　あれは既婚者にだけ許される夫婦面会だぞ」

案の定、ベリックはスクレのもっとも痛いところを突いてきた。スクレは泣きそうな顔になって懇願した。

「彼女とは婚約しているし、俺は騒ぎを起こしてない。頼むよ、夫婦面会を禁じないでくれ」

「分かった」

「ありがてえ」

スクレがほっとする間もなく、ベリックはたたみかけた。

「だがその代わり、携帯電話がどこにあるか言え」

スクレは内心ぎくりとしたものの、顔には出さなかった。

「携帯電話？」

「とぼけるな。彼女と面会したいんだろ。嘘《うそ》を言ったら、面会はできなくなるぞ。携帯はどこにある？」

ベリックの有無を言わさぬ態度にスクレの心は揺れた。脳裏には、マリクルースとマイケルの顔が交互に浮かんでは消えた。


マイケルとリンカーンが洗濯室の柱にペンキを塗っていると、ベリック看守長がスクレと数名の看守をしたがえてやってきた。俯いたスクレは眉間《みけん》にしわを寄せ、何やら不穏な雰囲気を漂わせている。

リンカーンはそっとマイケルの顔を盗み見た。マイケルは緊張した面持ちで、ベリック一行を見つめている。ベリックはまっすぐにマイケルのもとにやってきたかと思うと足を止め、スクレを振り返った。そして、マイケルのほうへ顔を戻して声を張りあげた。

「ターナー、配置換えだ。管理本部へ来い」

マイケルの後方で床にモップがけをしていた黒人の囚人が顔をあげる。ベリックはスクレの肩を叩いて押し出し、ターナーと交替させた。

リンカーンがマイケルにささやく。

「あいつ、しゃべらなかった」

マイケルはうっすらと笑みを浮かべている。ベリックたちが洗濯室から出ていくと、スクレがさりげなくマイケルのもとへやってきた。

「見返りに、好きなだけあの携帯を使わせてもらうぞ」

「そいつは無理だな」

マイケルはそう言って、作業着のポケットから携帯電話を取り出しスクレに手渡した。それを手にするなり、スクレは怪訝《けげん》な表情になっていきなり真っ二つに折った。

「石けん？」

それは石けんを黒く塗って携帯電話に見せかけたものだったのだ。スクレは血相を変え、折った石けんをマイケルに投げつけた。

「夫婦面会が禁止になったんだぞ」

マイケルは看守のほうをうかがいながら小声で言った。

「ムショでの面会より、もっといい思いをさせてやる。彼女と好きなだけ会えるようにな」

「マリクルースにか？」

「そうだ」

「いったいどうやって？」

「ここから出る」

「どうやって？」

「俺たちの房からだ」

「房から？」

看守が振り向いたので、マイケルはスクレを柱の陰に誘った。その間に、リンカーンが床に落ちていた石けんをさりげなく拾って作業服のポケットに隠す。

マイケルはごく淡々とスクレに打ち明けた。

「実を言うと、計画はもうはじまってるんだ」

とたんに、スクレはパニックになった。

「俺がそんなイカれた話に乗るとでも思ったのか？　あと16ヵ月でここを出られるんだ。結婚してから、追われるのはごめんだ。クソッ！　あの石けんのせいで、面会の機会まで失っちまったんだぞ」

「テストしてみたんだ。秘密を守れるかどうか」

「秘密だと？　ばか言ってるんじゃねえよ！　いいか、覚えておけ。房でトンネル掘りは絶対に許さねえ。分かったか？」

そう息巻いて、スクレは離れていった。その場に立ち尽くすマイケルの背後から、兄の力ない声が聞こえてきた。

「終わったな」


「感染症の兆候はないわ。あと10日間、抗生物質を出すわね。それで大丈夫」

マイケルの切断された足指を診察したサラは、包帯を巻き終えたあとに、硬い表情になってマイケルを見やった。

「受刑者の暴力行為が見受けられる場合、私には報告する義務があるのよ。その傷はどう見てもうっかり植木鋏を踏んでできたものじゃないわ」

マイケルは慎重に足をブーツに入れている。

「君に報告されたら困る」

「こんな目に遭わされたのに？」

「命は無事だ。報告されたら、もっと悪い状況になる。敵を作ってしまった」

刑務所の実態を知っているサラはため息をついた。

「そうね」

サラはマイケルをひたと見すえて訊いた。

「怖い？」

マイケルは黙ったままじろりとサラを見やった。

「男の人ってほんと強がりね」

サラの言葉にマイケルは笑みを浮かべた。

「きっと怖いはずよ。こんな状況で怖くない人間なんているはずないから」

すると、マイケルは穏やかな表情で話しはじめた。

「子供のころ、怖くて眠れなかった。クローゼットにモンスターがいると思って。でも、兄に言われたんだ。それは単なる恐怖心だって。恐怖は実在しない。実態のないただの空気だと。だから思い切って扉を開ければ、モンスターは消えるからって」

「頭のいいお兄さんみたいね」

マイケルは深刻な顔つきになってつづけた。

「そうさ。でもここじゃ恐怖を感じて扉を開けると、奥にまたいくつもの扉がある。しかもその向こうに潜んでいるのは、本物のモンスターだ」

「隔離房に移れるよう手配しましょうか？」

「レイプされた奴や密告屋が避難するとこか？」

「そこなら安全よ」

「ありがとう。でも俺はモンスターと対決するよ」

マイケルはきっぱりと言うと、診療室から出ていった。


ファルゾーニに娘と息子を人質に取られた状態のアブルッチは苦悩していた。監房の鉄格子ごしに寄りかかって考えに沈んでいると、同房の手下ガスがたきつけてきた。

「足を丸ごとやっちまえ」

そのとき診療室から戻ってきたマイケルがメイン通路を歩いてくるのが見えた。マイケルは痛そうに足を引きずっているというのに、何事もなかったかのように刑務作業にも出ている。若いのに根性が座っている男だ。アブルッチはマイケルを見つめたまま、ガスに言い返した。

「たとえ手足を全部切り落としても、奴は口を割らねえさ。苦痛じゃだめなんだ。ビートルズはよく言ったもんだよ。〝愛こそはすべて〟だってな」

マイケルが監房に戻ってみると扉が開いていて、通路に看守が2人立っていた。房の中では、スクレがピロケースに私物を突っこんでいる最中だった。

「何してる?」

「私物をまとめてるんだよ」

スクレの意図に気づいたマイケルは、房に入って彼の手をつかんだ。

「やめろ」

「これ以上、お前につき合うのは真っ平だ。俺はまともな同房者がいる房へ移る。ここにいたらヤバいからな」

「夫婦面会の件は謝る。でも今、行かれると……」

マイケルは看守のほうを見やり、声を潜めて懇願した。

「ここにいてくれ。頼む」

だが、スクレは聞く耳を持たなかった。

「俺はあと16ヵ月で出所なんだ。婚約者もいる。壁に穴が開いてるのが見つかったら、5年は出られない」

そのとき鉄格子の外から看守が声をかけてきた。

「行くぞ、スクレ」

「俺はごめんだ」

スクレはそうささやいて出ていこうとする。マイケルはあわてて押しとどめた。

「ちゃんと話し合おう」

「お断りだ」

スクレは去っていき、監房の扉は閉じられた。


「教えてくれないか。なぜ家族や愛する者に、最期の立ち会いを求めないんだ?」

リンカーンの独房に、サム・ハックマン牧師が説得に訪れていた。

「死ぬのを見せたら、心の傷になるだけさ」

「そういう問題じゃない」

「生ある者を見て苦しめとでもいうのか?」

リンカーンが皮肉な笑みを漏らすと、ハックマン牧師は聖書を手にして言った。

「いや、君がどうやって、この世を去りたいかだ。最期に目に焼きつけたいのはだれだ? 見知らぬ者の顔か?」

リンカーンはただ黙って虚空をみつめていた。マイケルが同房のスクレを仲間に引きこむことに失敗した今、死は確実に足音を立ててリンカーンの身に迫っていた。


昼食のあとティーバッグは食堂にとどまり、ガッターを隠し持ってマイケルに不気味な笑みを投げかけていた。すると、背後から肩を叩く者があった。

「奴に恨みがあるのか?」

振り返ると、アブルッチが立っていた。黙ったまま立ち去ろうとしたティーバッグの肩を押さえつけて座らせ、顔を突きつけてくる。ティーバッグはむっとしてアブルッチを見やった。

「俺の勝手だ。いちいちあんたにお伺い立てる必要はないだろ?」

「ここのボスは俺だぜ。知ってるだろ?」

アブルッチにすごまれ、ティーバッグは食堂から出ていく囚人たちの列に並んでいるマイケルを憎々しげににらみつけた。

「メイタッグはあの野郎のせいで死んだんだ」

「敵討ちか?」

「毎日ずっとつけ狙《ねら》ってやる。あいつがここにいるかぎり」

アブルッチがニヤリとする。

「どうやら俺と同じ考えらしいな」

ティーバッグは訝《いぶか》しげに首を傾《かし》げて彼の顔をうかがった。


食堂から出ていく列に加わっていたマイケルは、いきなり前方から引き返してきた白人の囚人に腕をつかまれ、通路ぎわの倉庫に押しやられた。倉庫の中にはアブルッチと手下の連中が待ち構えていて、マイケルが入ってきたとたん、監視の看守はすばやく反対側のドアから出ていった。

覚悟を決めて身構えたマイケルに、アブルッチは言った。

「騒ぐなよ。必要以上に事を面倒にしたくはないからな。ここらで我々の問題をすっきりさせようぜ」

その言葉が終わるなり、物陰からガッターを手にしたティーバッグが姿を現し、ニヤニヤしながらマイケルに歩み寄ってきた。

「すぐに体を引き裂いてやろうと思ってたが、恐怖に駆られたお前は一段と可愛いな。刺し殺す前に、お楽しみといこう。一発、やってからでも遅くはねえ」

ティーバッグが舌なめずりしながらガッターを台に置いた瞬間、アブルッチがすばやく彼の顔面にひじ鉄を食らわせ、マイケルと向き合った。一瞬後、体勢を立て直したティーバッグがアブルッチに襲いかかる。だが、たちまち彼の手下の男たちに取り押さえられた。

「おしゃべりな変態野郎だ」

アブルッチはティーバッグに毒づき、唖然としているマイケルの頬を両手で挟んだ。

「ちょいと話をしようぜ」

手下たちに叩きのめされているティーバッグをその場に残し、アブルッチはマイケルをうながして倉庫をあとにし、何食わぬ顔で運動場へ向かう囚人の列に加わった。

「詫《わ》びのつもりで助けたんだ。俺のやり方が間違ってたってな」

アブルッチがそう言ったとき、ひと足遅れて倉庫から出てきた手下の芝居じみた叫び声が聞こえてきた。

「中でだれか倒れてるぞ!」

看守たちが駆けつけてくるなか、アブルッチは立ち止まってマイケルに手を差し出した。

「やり方を改めるから、これまでのことは水に流してくれ」

その手を見やって、マイケルはつぶやくように言った。

「移り気な男だな」

アブルッチが笑ってうそぶく。

「柔軟だと言ってくれ」

「立ち止まらずに進め！」

看守の声に、アブルッチは口をつぐんで歩き出した。マイケルも黙って思わぬ展開に考えをめぐらせながらあとにつづいた。

運動場に出てくると、アブルッチはマイケルと肩を並べるようにして歩調を合わせながら話しかけてきた。

「お前の望みはなんだ？」

「取り引きだ。あんたは飛行機、俺はフィバナッチの居所を教える」

「なんで飛行機がいる？」

「分かるだろ？」

アブルッチはすぐさま応じた。

「力になってやるぜ。実行日と時間を教えろ」

「時期を見て教える」

「それじゃ困る。フィバナッチが証言する前に出ねえと」

マイケルは自信たっぷりに請け合った。

「大丈夫だ」

「フィバナッチの大陪審での証言は1ヶ月後だ」

「十分間に合う」

「出られなかったら殺すぞ。さっさと実行日と時間を言え。準備をしておく」

「まだ信用できない」

「なぜだ？」

食い下がるアブルッチに、マイケルはきっぱりと言った。

「移り気な男だからだ」


面会所に呼び出されたリンカーンは、フェンスごしに面会室の向こうに座っている息子のLJの姿に気づいて足を止め、手錠をかけられた手を看守に差し出した。

「頼む、外してくれ」

看守は気の毒そうな表情をしてリンカーンを見やった。

「だめだ」

「10分間だけでいい」

リンカーンの懇願を無視し、看守はそのまま面会室へ行こうとする。リンカーンはすばやく彼の前に足を出して止め、食い下がった。

「頼む。息子と面会するんだ」

看守はしばしためらっていたが、ほどなくしてリンカーンは手錠なしで面会室へ入ることができた。

強化アクリル板の仕切りを挟んで向き合うと、ＬＪはぎこちない笑みを浮かべた。

「感激の親子の再会だね」

前回のようなかたくなな態度は影を潜め、だいぶ落ち着いたようだ。リンカーンも笑みを浮かべる。

「どうだ、調子は？」

「まだトラブってるよ」

「ママは？」

「元気だ」

リンカーンは言いよどみながら話しはじめた。

「……牧師さんに、最期にだれを呼ぶか決めるように言われた。人生の最期が近づいてくると、何が本当に大切か分かってくる。だれが大事かってな。俺にとっては、お前とマイケルだ。この世で血を分け合ったお前たち……」

ＬＪは当惑しているような表情になった。

「何が言いたいのか、分からないよ」

「……人間、最期は愛がすべてだってことだ。血縁者や家族、お前の愛情さ」

ＬＪが小さくうなずくと、リンカーンは仕切り板の上に張りめぐらされているフェンスに手を伸ばしてあてがった。

「手を出せ」

「なんなの？」

「いいから手を」

ＬＪは一瞬ためらったあとに、顔をくしゃくしゃにして父親の分厚くて大きな手に自分の手を重ねた。金網ごしに指先が触れ合い、そのわずかな温もりがリンカーンの心に染みた。

「来てほしい。処刑の前日、ここへ来てくれ。お前に会って抱きしめたい」

歯を食いしばって涙を堪えてうなずく息子を見ているうちに、リンカーンはいとしさで胸がいっぱいになった。

「俺は……愛してる。ずっとだ」

ＬＪが涙をすすりあげて言う。

「自信がないよ。耐えられるか」

リンカーンは穏やかな笑みを浮かべた。

「パパもだ。ここへ来るかは、お前が決めろ」

スクレが出ていった監房で、マイケルはいよいよシンクの裏側の壁に穴を開けようとしていた。本のページをくり抜いて隠してあったボルトを取り出し、シンクタンクのネジを外そうとしたそのとき、ベリック看守長の声が聞こえた。

「40番、開けろ」

マイケルがボルトをズボンのポケットに隠して立ちあがった直後、監房の扉が開いてベリックが入ってきた。

「スコフィールド、新しい同房者だ。お前の房に空きがあったから、神経病患者の監房から1人、見つけてきた」

「神経病患者?」

マイケルは思わず顔を強ばらせた。ベリックは手にした警棒をカチャリと音を立てて伸ばし、便器を叩いてうそぶいた。

「文句あるか? あるなら文句を書いてこの投書箱に入れろ」

ついでベリックは通路へ出ていき、声を張りあげた。

「ヘイワイヤー、入れ!」

私物箱を持って入ってきたのは、大きく見開いた目をあらぬほうへ漂わせている顔色の悪い痩《や》せた男だった。

「40番、閉めろ」

監房の扉が閉じられると、ヘイワイヤーは挨拶《あいさつ》もなく、不気味な目で房内を見渡している。

ぎょっとして立ちすくんでいるマイケルに、ベリックが鉄格子ごしに念を押した。

「そうだ、スコフィールド。気をつけろよ。そいつと目を合わせるな」

運動場の刑務作業の際、マイケルは独房用の運動場へ近づいていき、フェンスごしにリンカーンに告げた。

「問題が起きた。新しい同房者だ」

「だれだ?」

マイケルはあごをしゃくって、前方のフェンスの前に呆然《ぼうぜん》と立っているヘイワイヤーを示した。それを見たリンカーンが顔をしかめる。

「まずいな」

「奴も仲間に引き入れるしかない」

「それは無茶だ」

「じゃ、奴が寝てる間に作業するよ」

そのとき看守の声が聞こえた。

「スコフィールド、もっと離れてろ」

ゆっくりとフェンスの角を曲がるマイケルの背に、リンカーンの声が追いすがってくる。

「あと何日かかる?」

「3日だ」

「遅れは許されないって言ってたよな?」

「そうだ」

自分に言い聞かせるようにきっぱりと答えると、マイケルは独房用運動場から離れた。

夜が更けて、皆が寝静まったと思われるころ、マイケルはベッドに隠してあったボルトを手にして起きあがった。腰を落としてそっとシンクへ移動したマイケルは、ふと視線を感じて2段ベッドを見あげた。ヘイワイヤーが大きく見開いた目でこちらをのぞきこんでいる。

マイケルはぎくりとして問いかけた。

「どうした?」

「俺、神経系統の障害で、網様体賦活系に異常があるんだ」

「どういう意味だ?」

ヘイワイヤーは事もなげに答えた。

「眠れないんだ。まったく」

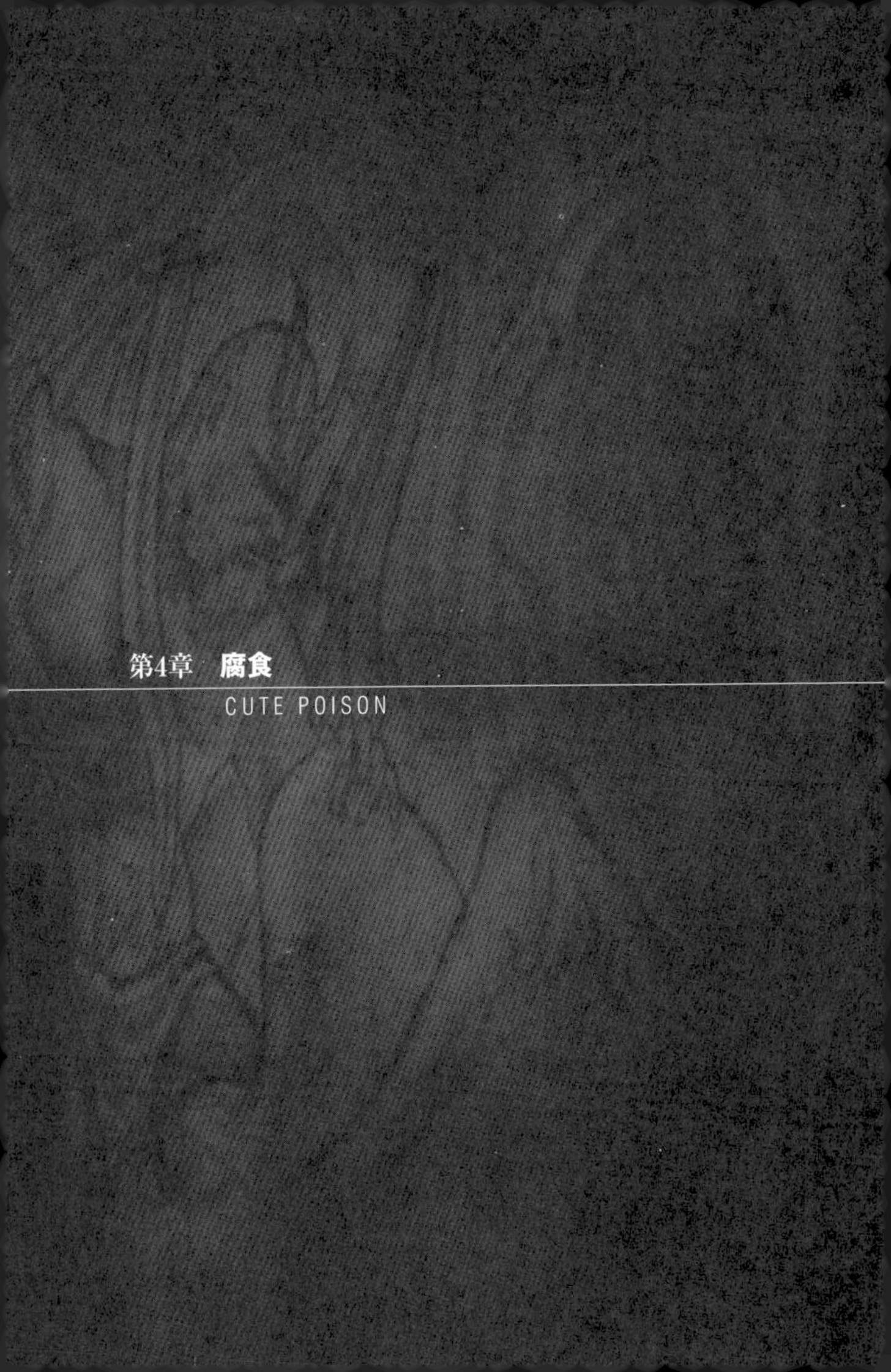

第4章　腐食

CUTE POISON

1

夜のしじまに突然、鋼鉄製の扉が開く金属的な音が鳴り響き、リンカーンは仰天して飛び起きた。同時に独房の照明が煌々《こう》と点され、ベリッグ看守長の声が耳に突き刺さる。

「起きろ！」

驚きが覚めやらないリンカーンは、息も切れ切れにたずねた。

「……今、何時だ？」

それには答えず、ベリッグは命じた。

「立て！」

ベリッグの後ろに控えていた看守が、リンカーンの腕を乱暴につかんでベッドから引きずり下ろす。

「来い！」

「なんだよ？　離せ！」

リンカーンはブーツを履く間も与えられず、裸足のまま房の外へと引っ張り出された。

「ベリック、どういうことだ？」

いつものように手錠と足枷《あしかせ》をはめられたリンカーンは、長い廊下を看守たちに囲まれるようにして引き立てられた。

「なんだ？　どこへ連れていく？」

どんなにたずねても、看守たちは何も答えてくれない。やがてリンカーンは廊下の突き当たりにある処刑室へと連れこまれた。処刑用の電気椅子《いす》が目に飛びこんできて、リンカーンはいっそうパニックになった。

「ちょっと待て！　ベリック、やめてくれ！　あと1ヶ月、残ってる。頼む！」

わめき立てるリンカーンを、看守たちは容赦なく電気椅子に座らせて手足を固定し、水を含んだスポンジで頭を濡《ぬ》らして通電用の器具を被せた。

正面のガラス窓の向こうに、処刑の立会い人たちの姿が見える。ＬＪは？　リンカーンが息子の姿を求めて目を凝らしたとたん、額に黒い布がセットされ、何も見えなくなった。聞こえるのは、自分の激しい息づかいだけだ。

「安らかにな」

ベリッグはリンカーンの耳元でささやくと、額の黒い布を下ろして顔を覆った。

「やれ」

ベリックの声が聞こえたと思ったつぎの瞬間、通電レバーが下ろされる音が鳴り響き、リンカーンはビクッと体を震わせて目を覚ました。

夢か……。そうと分かっても、リンカーンの動悸《どうき》は治まらなかった。この3年間、彼は週に2、3度は、自分が処刑される夢を繰り返し見ていた。

リンカーンはそっと体を起してベッドから足を下ろした。口はカラカラに渇き、心臓はいまだドラムのような鼓動を刻んでいる。ぐっしょりと冷や汗をかいている手で顔を覆う。長年の悪夢が現実となる日が、3週間後に迫っていた。

眠らないヘイワイヤーがセルメイトとなって、マイケルは窮地に立たされていた。思うように脱獄の準備を進められないまま、ヘイワイヤーが診療室へ呼ばれた隙《すき》に壁に穴を開ける作業を開始した。

まずシンクを壁に固定しているネジを外す。そのアレン・ボルトは、前に試してあったからなんなく外れた。つぎにマイケルはシンクを前に引っ張り、裏側の壁の目地にボルトを差し入れて少しずつ削りはじめた。一般房の壁はモルタルの化粧板を貼《は》り合わせたものだ。したがって目地部分を削り取れば、穴は比較的楽に開くはずだった。

ボルトの先が目地を突き抜けたとき、棟の扉が開く音が聞こえてきた。一瞬、耳を澄ましたマイケルは、再び作業をつづけた。この監房は2階部分に当たるから、もしヘイワイヤーが戻ってきたのだとしても、すぐには房内に入ってこない。今は遅れを取り戻すために、たとえ1

ミリでも多く削らなければならなかった。

「40番、開けろ」

看守の声が響き渡って監房の扉が開くと、マイケルは立ちあがってシンクを壁に戻し、何食わぬ顔で手を洗いはじめた。

看守はヘイワイヤーを房に入れるなり、すぐに扉を閉めて立ち去っていった。ヘイワイヤーは2段ベッドの上の段に腰かけ、スケッチブックに何かを描きはじめた。マイケルはゆっくりと顔を洗ってから、壁のほうを向いたまま彼に声をかけた。

「塀の外へ出たくないか?」

ヘイワイヤーは鼻で笑った。

「出てどうするのさ?」

「自由になる」

「更生施設、セラピー通い、薬、監察官と面接、尿検査……。そんなことやりながらあくせく働くなんてごめんだね。どうして訊く?」

マイケルはヘイワイヤーと目を合わせることなく扉のほうへ移動し、彼に背を向けて鉄格子にもたれた。

「昨日、ある男に誘われたんだ」

「ベリックにチクっちまえ。そしたら優遇されるぞ。もし……」

ヘイワイヤーが急に口をつぐんだので、マイケルは不審に思って肩ごしに振り返った。彼の目が、ランニングシャツからむき出しになっている自分の腕に釘づけになっていた。マイケルは内心ぎくりとしたが、素知らぬ顔でたずねた。

「なんだ?」

「そのタトゥー」

「これがなんだ?」

「なんの絵だ? いや絵というより、それは……」

マイケルはベッドからアンダーシャツをつかんで袖《そで》を通しながら、きっぱりと言った。

「ただの図柄だ」

そのとき、看守が薬剤配給係をしている白衣を着た黒人の男を伴ってやってきた。

「おやつの時間だぞ」

ヘイワイヤーがベッドから飛び降りてきて、マイケルに告げる。

「俺は統合失調症だと思われてる」

その言葉を聞きつけた看守がからかうように言った。

「事実だろ?」

「なんとでも言え」

ヘイワイヤーは鉄格子ごしに看守をじろりとにらむと、薬剤配給係から錠剤と小さなコップに入った水を受け取った。口に放りこんだ薬を水で流しこみ、配給係に向かってこれ見よがしに口を開けて見せる。

「ヤブ医者を黙らせるために飲んでるだけだ」

ヘイワイヤーはマイケルにそう言ってから、改めて口を大きく開けた顔を配給係のほうへ突きだした。配給係が彼の口の中をペンライトで照らしてのぞきこみ、薬が残っていないか確認している。ヘイワイヤーが舌を上下左右に動かして見せると、配給係はようやく納得して離れていった。

そのとたん、ヘイワイヤーはすばやく動いた。

「どけ」

マイケルを押しのけ、便器へ直行して薬を吐きはじめる。

「その薬は必要だから出てるんだろ?」

マイケルがたずねると、ヘイワイヤーは便器から顔をあげて言った。

「ああ、俺を鬱《うつ》状態にして、永遠に閉じこめておく薬さ」

それからマイケルの体を見やる。

「マジでしびれるタトゥーだ。よかったら、全体を見せてくれ」

「嫌だね。断る」

マイケルはきっぱりと言って、シャツをはおった。

「どうして?」

「理由はない」

そのとき、監房の扉が一斉に開きはじめた。運動の時間だ。マイケルはヘイワイヤーをその場に残し、彼の目から逃れるように運動場へ向かった。

まずい事態だった。このままではヘイワイヤーにタトゥーの秘密を気づかれてしまう。なんとかしなければ……。運動場へ出たマイケルは、スクレを見つけて近づいていった。

「スクレ……」

「話しかけんな」

スクレは取りつく島もなく立ち去っていく。その後ろ姿を目で追ったマイケルは、自分をじっと見つめているヘイワイヤーの姿に気づいた。マイケルは体の向きを変えると、シャツの右袖をそっととめくりあげ、腕の内側のタトゥーに視線を落とした。

そこには逆さまになった小さな壺《つぼ》に〝ＣＵＴＥ《キュート》・ＰＯＩＳＯＮ《ポイズン》〟という文字が彫られていた。

マイケルがタトゥーを見ながら考えをめぐらせていると、すぐそばでアブルッチの声がした。

「問題か？」

マイケルは小さなため息をついて答えた。

「解決できないことじゃない」

だが、アブルッチにはお見通しだった。

「思ったとおりだ。遠くから顔を見ただけで、問題だって分かったぜ」

アブルッチはニヤニヤしながらマイケルに顔を突きつけたかと思うと、近くにいる手下どもに声を張りあげた。

「おまえらが言ったとおりだ！　問題だとさ」

それから真顔になってマイケルに向き直る。

「で、なんだ？」

マイケルは自分の背後を目で示して答えた。

「あの男だ」

「ヘイワイヤーか？」

「そう。新しいセルメイトだ」

「なるほど」

「あいつは眠らない」

アブルッチはすぐに察して訊いた。

「じゃ、穴掘りはいつやるんだ？」

「できない」

それを聞くと、アブルッチはマイケルの肩をむんずとつかんですごんだ。

「いいか、俺たちは運命共同体なんだぞ。お前はここから出るって約束したんだ。守らなかったら喉《のど》を切り裂く。しっかり仕事を片づけろ。でないと、お前を片づけるぞ。じゃあな」

マイケルはいつもの泰然とした表情でアブルッチを見送っていたが、内心では焦りを募らせていた。

「だいぶ形になったな」

ポープ所長は、マイケルが手を加えているタージマハルの模型を満足げに見やった。

「ええ」

マイケルの1日は忙しかった。兄リンカーンと接触するために刑務作業に出るかたわら、自由時間の合い間には、所長室で模型作りをしなければならない。そのためヘイワイヤーの目を盗んで壁に穴を開ける時間はほとんど皆無に等しかった。

「6月の結婚記念日までに間に合うか？」

所長が心配げにマイケルの顔をうかがう。

「まだアルコーブとピラスターが残っているんで、そう簡単ではありませんが……まあ、間に合うと思います」

万が一、6月になってもここにいることになったら最悪だった。マイケルが模型を見るふりをしながら考えに沈んでいると、所長が声をかけてきた。

「君には感謝してる。この模型作りに力を尽くしてくれてな。ぜひとも礼がしたい。謝礼金でも払おうか？」

すかさずマイケルはこのチャンスに飛びついた。

「では、一つお願いがあります。同房者の件で」

「ああ、チャールズ・パトシックか？　ここではヘイワイヤーと呼ばれているが」

「彼を別の房へ移していただけないでしょうか？」

マイケルの期待に反して、所長は難色を示した。

「房の移動は、ベリック看守長の担当だ。彼に相談しろ」

マイケルは皮肉っぽい笑みを浮かべた。

「無駄《むだ》です。話になりません」

「脅されたのか？」

「だれに？　ヘイワイヤー？　それとも看守長？」

マイケルが鋭く切り返すと、所長の顔に苦い笑みがよぎった。

「残念ながら同房者による暴力や性行為の証拠がないかぎり、移動を頼んでも聞き流される。要望に応えられるほど、ここには空きがないんだ。ホテルとは違うからな」

そのときドアがノックされ、所長秘書のベッキー・クローズが顔をのぞかせた。豊満な体をごく地味なセーターとスカートで包んだベッキーは、ペンギンのようなコミカルな歩き方で部屋の中ほどまで入ってくると、声を潜めて所長に告げた。

「所長、奥様が見えました」

「何？　約束は4時のはずだが」

所長はあわてふためき、ベストのボタンをかけながらベッキーに指示した。

「ここへは通すなよ。結婚記念日まで模型を見られたくない。すぐ行く」

所長はマイケルをその場に残し、ベッキーにつづいてドアの向こうへと姿を消した。

「やあ、来たか。早かったたな。食事へ行こう」

ポープが急いでジャケットをはおりながら部屋から出ていくと、妻のジュディは訝《いぶか》しげに夫を見やった。

「なんだか様子が変ね」

上品な顔立ちでブルネットの髪をごく短いショートカットにしているジュディは、子供を産んでいないせいか年齢のわりには十分、魅力的な体型を保っていた。この妻に、ポープは頭のあがらない事情があった。

「そうか？」

「その部屋で何してたの？」

「ええと……書類の整理だよ」

「ベッキーは受刑者と面会中だって言ってたわ。まさかトリードの件の繰り返しじゃないわよね？」

ジュディに上目遣いに見つめられ、ポープはうろたえた。実は、彼は過去に一度、浮気をしたことがあったのだ。

「そんな……あんまりだぞ」

「じゃあ、見ても構わないわね」

ジュディは過去の夫の浮気がよほど堪《こた》えているらしい。ポープが止める間もなく、つかつかと隣室へ向かった。その刹那《せつな》、ドアが開いてマイケルが出てきた。ジュディが立ちすくんでいると、マイケルはことさらぞんざいな口調で所長に告げた。

「やっぱり俺は協力できねえ。やったら、ぶっ殺されちまう。ジョンソンはまだ中で迷ってる。奴に頼んでくれ」

ポープは一瞬、呆気にとられた表情になったが、すぐにマイケルが自分のために一芝居打ってくれていることに気づき、調子を合わせた。

「分かった。君はもういい。房に帰れ」

「すまねえ」

マイケルがオフィスから出ていくと、ジュディは申し訳なさそうに夫を振り返った。

「言ってくれればいいのに」

ポープはほっとすると同時に、とっさに機転を利かせてくれたマイケルに驚いていた。

「怖がらせたくなかったんだ」

ポープは妻にもっともらしく言い訳し、秘書のベッキーにも指示した。

「看守を呼んで、中のジョンソンを房へ戻せ。あとで話す」

そして、ジュディの肩を抱き寄せ、ドアへと誘った。

「さあ、行こうか」

シャワーを済ませたマイケルが下半身にバスタオルを巻いた姿で更衣室に戻って服をつけようとしていると、背後でヘイワイヤーの嬉々《きき》とした声があがった。

「図面だ！」

マイケルはぎくりとして振り返った。

「なんだって？」

目を大きく見開いたヘイワイヤーが、マイケルの背中に吸い寄せられるように近づいてくる。

「そのタトゥーさ。図面だろ？」

「ただの図柄だ」

マイケルはもう1枚のバスタオルを肩にかけて背中のタトゥーを覆うと、そそくさとヘイワイヤーから離れた。だが、彼は早晩真相に気づくだろう。


昨日のマイケルの機転を恩義に感じたポープ所長は、ベリック看守長をオフィスに呼んでやんわりと提案した。

「スコフィールドをヘイワイヤーと一緒にするのはどうかな？」

ベリックは事もなげに言った。

「一般房で問題なしと診断されてますし、今は薬で大人しくしています」

「両親を殺した男だぞ」

「お言葉ですが、スコフィールドだけを優遇すると信用を失いますよ」

図星を差され、ポープは眼光鋭くベリックをにらんだ。だが、ベリックは少しも臆することなくポープの痛いところを突いてきた。

「模型作りを手伝わせていて借りがあるとはいえ、あいつは凶悪犯です。ほかの受刑者と同じように罰せられるべきです」

ポープは持論で対抗した。

「罰するより、更生の手助けをすべきだ。それが私の方針だということは、君も分かってるはずだ。同房者があれじゃ更生できん」

するとベリックは開き直った。

「一般房の管理は、私に一任されてるはずですが？」

「そのとおりだ」

「ご不満なら辞めます」

権力を振りかざしたがるベリックには何かと問題があったが、一筋縄ではいかない凶悪犯揃《ぞろ》いの刑務所では、彼のような刑務官も必要だった。そこでポープは彼の鼻先にニンジンをちらつかせた。

「ベリック、先走るな。君に多くの責任を与えているのには、理由がある。私が引退したら、君を後任に推薦するつもりだ。期待してる。ただスコフィールドの処遇を見直してやれと言ってるだけだ。いいな？　任せたぞ」

「はい、所長」

ベリックは素直に応じて立ち去っていったが、彼の性格上、実際に見直しを実行するかどうかは分からなかった。その一方で、ポープはベリックに指摘されたとおり、ついマイケルに肩入れしてしまう自分に不安を覚えていた。タージマハルの模型造りを手伝ってもらうようになってからポープはしだいにマイケルに好感を抱きはじめていた。ときおりこんな息子がいたらどんなにいいだろうと思ってしまうことさえあった。しかし、マイケルが犯罪者であることはまぎれもない事実だった。

「ベイビー、俺だ。いるのか?」

スクレが何度かけても、マリクルースの携帯電話は留守番電話になったままだった。その日もスクレは運動場の電話ボックスで彼女にかけていたが、後ろには数人の列ができていた。

「もしもし? 頼むから電話に出てくれよ」

留守番電話に話しかけているスクレを、後ろに並んでいた白人の男がからかった。

「お前と話したくないいんだとさ」

スクレはぐっと怒りを堪《こら》えて男を無視し、留守番電話にメッセージを入れはじめた。

「今日は面会の日だ。来てくれるんだろ? もう切らねえと。そろそろ中へ戻る時間だ。今日、来てくれるよな? 心から愛してる。本当だ」

電話を切ったスクレは、後ろ髪を引かれる思いで電話機を見つめた。そのとき、運動場にアナウンスが響き渡った。

〝あと5分で運動場を閉鎖する〟

スクレは唇を噛《か》んで電話ボックスから離れていった。

午後、看守から面会人があると聞いたスクレは、胸を躍らせて面会所へ向かう囚人の列に加わっていた。だが一般受刑者用の面会所の入り口まで来たとき、彼のところで扉が閉められ、フェンスで囲われた個室のほうへ押しやられた。

「おい、ちょっと待てよ。そっちで面会のはずだぞ。なぜ、ここなんだ？」

「面会人に聞け」

看守に言われて首をめぐらせたスクレは、個室の仕切り板の向こうに立っている従兄弟《いとこ》のヘクターの姿に気づき、顔色を変えた。

スクレは憮然《ぶぜん》として、アクリル板の仕切りを挟んでヘクターと向き合った。

「マリクルースは？」

「あいつはもうここには来ない」

ヘクターは居心地が悪そうにしていて落ち着きがない。スクレは胸騒ぎを覚えてたずねた。

「病気にでもなったのか？」

「そうじゃねえ。元気にしてるが……」

ヘクターは明らかな作り笑いで答え、しばしの間のあとに顔を強ばらせて告げた。

「俺の女だ」

「お前の女だって？　冗談だろ？」

「あいつが決めたことだ。安定した生活がしたいってな」

「お前といて安定か？」

「お前がどう思おうが勝手だ。だがな、俺は囚人じゃねえ。こうしてあいつの頼みを聞いてやることもできる。お前がキレると困るから、代わりに俺が別れ話に……」

開き直ってニヤニヤしながら話すヘクターを目の前にして、スクレは怒りを爆発させた。仕切り板をバンと両手で叩いて立ちあがり、わめき散らす。

「よくも裏切ったな！　お前だけは絶対に許さねえ。覚えてろ！」

スクレはたちまち看守に押さえこまれた。

「やっぱりお前はろくでもねえ奴だ。一生、ここに入ってろ」

ヘクターは勝ち誇ったように言い捨てて立ち去っていく。その後ろ姿を、スクレは目に復讐の炎を燃して見つめた。恋人を寝取られたというのに手も足も出せない自分の身をもどかしく思いながら……。


薬品庫へ入っていったマイケルは、そこの管理を任されている古株のチョッピーという黒人の囚人に、ホールセールから手に入れたタバコを1カートン渡した。

「急げよ」

チョッピーはそう言っただけで、マイケルを薬品庫の中に通した。そこはさまざまな薬品の棚が用途別に設置されていて、ボトルや容器が整然と並んでいた。マイケルは石工用の棚へ行き、目当ての薬品を探して端から順に目を凝らした。

やがて1本のボトルを手に取ったマイケルは、それをつかんでいる右腕の内側に彫られた小さな壺のタトゥーの中の文字〝CUTE《キュート》・POISON《ポイズン》〟を見やった。

その文字には、二つの薬品の記号が秘められていた。一つは硫酸銅（ＣｕＳｏ）、そしてもう一つはリン酸（Ｐｏ）だ。この二つは混ざると激しく反応し、鉄を腐食させる効果があった。

マイケルがタトゥーで薬品の記号を確認したとき、ドアが開く音が響き、チョッピーのわざとらしい大声が聞こえた。

「はい、この中にいます」

マイケルが棚の間から目を凝らすと、ベリック看守長の姿が見えた。マイケルは急いでブルゾンの袖に隠し持ってきたソックスを引き出し、硫酸銅のボトルを入れた。

「散歩でもしてこい」

ベリックはチョッピーを外に出すと、マイケルのいる棚にやってきた。

「スコフィールド、ここは立ち入り禁止だぞ」

「花壇に使う肥料を探してます」

「棚が違うぞ」

ベリックは警棒を取り出し、マイケルの身体検査をはじめた。ブルゾンの中を警棒でなぞって探ったベリックは、つぎにズボンを調べながらぐっと近寄ってきた。

「ところで足はどうだ？」

そう言ったかと思うと、ベリックはブーツの踵《かかと》でマイケルの切断された足先を力任せに踏みつけた。マイケルが苦痛にうめき声をあげて床にくずおれるまで踏みつけ、顔を突きつけてすごむ。

「二度と俺の頭ごしに所長に頼むな」

それから冷ややかに命じる。

「失せろ」

マイケルは黙ったまま立ちあがり、薬品庫をあとにした。かなりの危険を冒したにもかかわらず、あと1歩のところで目的は半分しか達成されていなかった。


就寝前、歯を磨き終えたマイケルは、壁に備え付けられたステンレスミラーごしにヘイワイヤーを見やって声をかけた。

「なあ、俺たちは反りが合わない」

2段ベッドの上のヘイワイヤーは枕を抱えてぼんやりとしている。マイケルは振り返って彼を見あげた。

「もともとここにいたのは俺だ。お前が出ていけ」

すると、ヘイワイヤーは唐突にしゃべりはじめた。

「昔、糞《くそ》を漏らしたことがある……」

うんざりして顔をそむけたマイケルは、デスクの端にきちんと並べられたヘイワイヤーの洗面用具の中の歯磨きチューブに目を止めた。ヘイワイヤーは神経の病気のせいか、身のまわりの品はすべて数ミリの狂いもなく同じ場所にないと気がすまなかった。マイケルがそっとうかがうと、ヘイワイヤーは虚空を見つめてしゃべりつづけていた。

「中学の体育の時間にな。ロッカールームに戻るのには、同級生の前を通らなければならない。それで仕方なく歩きはじめた俺は、からかわれる前に自らネタにしたんだ……」

歯磨きチューブを手に取ったマイケルは、中身を便器に絞り出した。

「……振り返って、俺はこう言った。見ろ！　尻尾《しっぽ》が生えてる！」

ヘイワイヤーが思い出話に夢中になっている隙に、マイケルは空の歯磨きチューブをズボンのポケットに隠し、用を足したふりをして水を流した。その刹那、ヘイワイヤーがベッドから身を乗り出してきた。

「俺の秘密を教えたぞ。つぎはお前の番だ」

「タトゥーの秘密が知りたいか？」

「ああ」

ヘイワイヤーが期待に満ちた声でうなずく。

「何もない」

マイケルはそっけなく言って、扉のほうへと逃れた。ちょうど看守に伴われて通りかかったアブルッチがさりげなく足を止め、声を潜めて話しかけてきた。

「おい、新入り。あれから進展はあったか？」

マイケルは彼に顔を近づけ、小声で聞き返した。

「後ろの眠り姫とのか？　それとも壁の穴か？」

「両方だ」

「いいや。だが、解決策はある」

「そうか。じゃあ問題は、お前にそれをやる度胸がねえってことだ」

マイケルは無言のまま彼をにらんだ。そのとき看守の声が飛んできた。

「おい、アブルッチ、行くぞ！」

「またな」

立ち去っていくアブルッチを目で追ううちに、マイケルの脳裏にはある考えが浮上していた。


スクレは運動の時間になると、まっすぐに電話ボックスに向かった。だが、3台の電話機はすでにほかの囚人たちが使用中だった。

「……本当か？　よろしく言ってくれ」

スクレは他愛もない話をしている白人の男のほうへ近づいていった。

「切れ」

だが、男は無視して話しつづけている。

「叔母さんの具合は？」

「早く切れよ！」

スクレは思わず声を荒げた。すると、男は電話の相手に待つように言ってから、スクレを一喝した。

「失せろ！」

男が再び電話の相手に話しかけようとした瞬間、スクレは手を伸ばして電話を切った。

「この野郎！　何しやがる？」

血相を変える男に、スクレはすごみをきかせたいかつい顔を突きつけた。

「やる気か？」

とたんに男は作り笑いを浮かべて引き下がった。

「腰抜けめ」

スクレは毒づきながら受話器をつかみ、マリクルースの携帯の番号を電話機に叩きこんだ。

「マリクルース、俺だ。いったいどうなってるんだ？」

意外にもマリクルースはワンコールで電話に出た。スクレは勢いこんで問いただした。

「ヘクターと何してんだ？」

一方、マリクルースは街中でヘクターと待ち合わせしているところだったが、スクレに最後通牒《つうちょう》を突きつけるつもりで切り返した。

「あなたこそ」

〝何が？〟

「リタと会ってるんでしょ？　彼に聞いたわ」

スクレにはほかに女がいると、マリクルースはヘクターに吹きこまれていた。そのヘクターに買ってもらったブランド物のスーツやバッグで身を飾っている彼女は、一週間前とは見違えるほどしっとりと女らしく変身している。

〝ヘクターにか？　奴は嘘《うそ》を言ってるんだ〟

スクレは怒り心頭の様子で息巻いた。だが、たまにしか電話で話せないスクレよりも、今のマリクルースにとっては常にそばに寄り添って優しい言葉をかけてくれるヘクターのほうが信頼できた。

「何のために？」

〝そりゃ、俺からお前を寝取るためさ〟

スクレにずばり指摘され、マリクルースは一瞬、絶句したあとに、急いで言葉をついだ。

「……分からないわ。何を信じたらいいのか」

〝俺を信じろよ〟

「週2回の電話で？」

〝いったいどうしたんだ？〟

マリクルースは深々とため息をついた。

「……分からない。頭が混乱してるの。昨日、テレサの家で赤ちゃんを見たわ」

幸せそうな友人の姿が脳裏によみがえると同時に、マリクルースは苛立ちを募らせた。そこへ追い打ちをかけるように、スクレの事もなげな声が聞こえてきた。

〝そのせいで焦ってるのか？〟

マリクルースは感情を爆発させた。

「すぐ30歳になるわ！」

〝まだ25歳だろ。子供がほしいならすぐにでも作ろう〟

「結婚しなきゃだめよ」

〝結婚するさ。あと16ヶ月したらな〟

結婚しても、スクレが再び刑務所に入らないという保証はどこにもなかった。

「でもヘクターが言ってたわ。一つ間違えば、仮釈放がだめになるって。あたし、もうこれ以上待てない」

〝16ヶ月後には、必ずここを出てみせる。約束するよ〟

スクレは必死に食い下がってきた。だが、マリクルースの気持ちはすでに決まっていた。

「出られなかったら？　あたしはそんなに待てないのよ」

そのときヘクターが背後から近づいてきて、彼女の肩にそっと手を触れた。

「もう切るわ」

スクレの悲痛な声が耳に追いすがってきた。

〝もしもし？　待てよ！　おい……〟

だが、マリクルースは電話を切ると、にっこりと笑いながらヘクターを振り返った。

2

弁護士用の接見室に連れてこられたリンカーンは、そこにベロニカがいることに驚いてたずねた。

「どうして君が?」

「弁護士として来たの。私があなたの代理人よ」

思いもかけない話に、リンカーンはどう解釈していいか分からなかった。黙っていると、ベロニカが言った。

「あなたが嫌でなければだけど」

「疑ってたくせに」

先日の面会のあと、リンカーンはもう二度とベロニカには会えないと思っていたのだ。

「事情が変わったの。今はあなたを信じてるわ」

ベロニカは目で座るようリンカーンにうながし、自らも席についた。リンカーンはまるで日替わりランチメニューのようにくるくると変わる周囲の状況に、一喜一憂することにいささか疲れていた。マイケルが突然、この刑務所に飛びこんできてからここしばらくというもの、希望を抱いては、絶望の淵に突き落とされる繰り返しだった。

撫然とした表情で椅子に座ったリンカーンに、ベロニカは勢いこんで告げた。

「クラブ・シモンズの恋人だったルティシアが、あなたの話を裏付けてくれたわ」

期待してはいけないと思う一方で、リンカーンは再び暗闇の中に一筋の光明を見た思いになった。

「証言してくれるのか?」

「それが行方不明なの。たぶんシークレットサービスが絡んでる」

「なんだって?」

「彼らが現れたとたん、彼女は姿を消したのよ」

「そんな……想像以上の強敵だな。勝てるのか?」

「私たちだけの力じゃ無理そうね」

ベロニカの言葉に、リンカーンは必死に考えをめぐらせて言った。

「プロジェクト・ジャスティスは?」

「あの事務所が何?」

「死刑の再審請求が専門だ。俺の書類はすべてベン・フォーシックという男に送ってある。君が改めて依頼すれば、再審に持ちこんでくれるかもしれない」

「分かったわ」

ひとまずほっとしたリンカーンは、ふとベロニカの指にダイヤの婚約指輪がないことに気づいた。

「それで……セバスチャンとは?」

「何が聞きたいの？」

「ここへ来ることに賛成してるのか？」

リンカーンが遠まわしにたずねると、ベロニカはいたずらっぽい笑みを浮かべた。

「話していないわ」

怪訝《けげん》な表情になったリンカーンに、ベロニカは言った。

「つまり……婚約は解消したの」

「……そうか。残念だ」

思わず笑みが浮かびそうになって、リンカーンは俯《うつむ》いた。ベロニカがクスクス笑う。

「せめてもう少し本気っぽく言ったら？」

「本気だよ」

そう言いながらも、リンカーンの顔はほころんでいた。

「相変わらず嘘が下手ね」

「ああ」

一瞬、2人は昔の恋人同士に戻ったような気分になった。その思いを断ち切るかのように、ベロニカは腰をあげた。

「じゃプロジェクト・ジャスティスへ行ってみるわ」

ドアへ向かうベロニカを、リンカーンは呼び止めて言った。

「ありがとう。もうあきらめかけてた」

「お礼なら塀の外に出られたときに聞くわ」

ベロニカはそう言って接見室を出ていった。彼女の姿が見えなくなると、リンカーンは深々とため息をつき、天を仰いでから頭《こうべ》を垂れた。今度こそ、希望の灯を消さないでくれと祈らずにはいられなかった。

プロジェクト・ジャスティスの代表を務めるベン・フォーシックは、年配の誠実そうな男だったが、リンカーンの再審請求の相談に訪れたベロニカの話を取り合ってくれようとはしなかった。

「仮にルティシア・バリスが証言しても、前歴のある麻薬常習者では信用されません」

ベロニカは語気を強めて説得にかかった。

「それでも2、3日でここまで分かったんです。今後も全力で調査しますから、もっと多くのことが分かると確信してます」

すると、その場に同席していたニック・ドノバンという若い男が口を挟んだ。

「ルティシアがいるとき、シークレットサービスはなぜオフィスへ来たんです?」

「ニック、よせ」

フォーシックは部下を鋭く制し、ベロニカに向き直った。

「ドノバンさん、いいですか。新情報がないかぎり、再審請求をする理由はない。何か新しい証拠でもあるんですか?」

痛いところを突かれ、ベロニカは力なく答えた。

「いいえ、まだですが……」

「つまり使える情報は何もないのですね？」

一瞬後、ベロニカは立ち直って語気を強めた。

「ええ、そう思っていただいて結構です。情報が足りないのは、ご指摘いただかなくても分かってます。でも、無実の罪で死刑になる人を救うのが、お宅の理念ではないんですか？」

「再審の依頼は山のようにあるんですよ」

ため息まじりに答えるフォーシックの顔には、疲労が色濃く浮かんでいる。

「それはそうでしょうけど……」

「すべての案件を扱うわけにはいきません。人手がかぎられてますから」

「足を使う仕事は私がやります。ただ死刑の再審は初めてなので、進め方のアドバイスをいただきたいんです」

ベロニカは懸命に食い下がったが、返ってきたのはフォーシックの深々としたため息だけだった。ベロニカは何か言いたげにしているニックに視線を走らせながら、フォーシックに再度懇願した。

「お願いします」

だが、フォーシックは首を縦に振ろうとはしなかった。

「残念ですが、どうしても人手が足りないんです」

「……お時間をどうも」

わらをもつかむ思いでジャスティスに向かったベロニカの期待はもろくも砕け散り、彼女は重い足どりでオフィスをあとにした。

プロジェクト・ジャスティスのオフィスから出てきたベロニカが、ビルの前に停めた車に乗りこむ様子を、数台先に駐車している車の中から見張っていた者がいた。

ベロニカが車を発進させると、シークレットサービスのヘイルは、すぐさまケラーマンに電話をかけた。

「彼女は今、出ました」

「もう引きあげる」

ヘイルから電話を受けたとき、ケラーマンはベロニカの自宅アパートメントに侵入し、室内を漁っている最中だった。とくにこれといった収穫もないままに引きあげようとしたケラーマンだったが、最後にベロニカのデスクから、リンカーンと彼女の個人的つながりを示す1枚の写真を見つけた。

その写真には、ロースクールを卒業したばかりと思われるベロニカ・ドノバンと、彼女を抱き寄せているリンカーン・バローズ、それに野球帽を被ったハンサムな青年の姿があった。

それにじっと見入ったケラーマンは、ニヤリとしてヘッドセットごしにヘイルに告げた。

「調査は済んだ」

ベロニカがつぎに訪ねたのは、事件があった夜に真っ先にリンカーンの家に駆けつけた警察官ビリー・ウェストンだった。

「僕に用ですって？」

ウェストンは感じのいい笑みを浮かべて警察署の駐車場に出てきた。

「ええ、リンカーン・バローズの件でいくつか質問があります」

リンカーンの名前を出したとたん、ウェストンは警戒するような目つきになった。

「弁護士のベロニカ・ドノバンです。バローズの弁護人を務めています」

握手を交わすと、ウェストンは通りを渡った歩道へとベロニカを誘った。

「質問って？」

「事件の夜、最初にバローズの家に行ったのは、あなたですね？」

「ええ、そうです」

「そこで何を見たか、正確に話していただけませんか？」

3年も前だというのに、ウェストンの口調はまるで昨日のことのように淀みなかった。

「ステッドマンが遺体で発見された駐車場から、バローズが走り去ったという通報があって、それで自宅へ行きました。彼は浴室で血だらけのズボンを洗ってたんです。ステッドマンの血だってことは言うまでもありません」

「その夜のあなたの報告書には、バローズが浴室に立っていたとしか書かれていないのに、裁判ではズボンを洗っていたと証言してます。どっちですか？」

ベロニカが鋭く突っこむと、ウェストンの顔が強ばった。

「だから？」

「ズボンを洗ってるのを、本当に見たんですか？」

「見ました。彼はヤバいって顔で振り返った」

「あなたの証言が判決の決め手になったのは、ご存知ですよね？」

ベロニカの非難めいた口調に、ウェストンはお門違いだとばかりにため息をついた。

「まだ質問があるなら、署を通してくれ」

そう言うと、身をひるがえして逃げるように警察署の中へ引き返していった。なんの収穫もなかったことに、ベロニカは気落ちして通りに停めた自分の車へ向かった。運転席のドアを開けようとしたそのとき、突然、呼びかけられた。

「ドノバンさん」

ベロニカがハッとして顔を振り向けると、そこに見覚えのある男が爽《さわ》やかな笑みを浮かべて立っていた。

「驚かせてすまない」

「なんですか？」

「ジャスティスのニック・サブリンです」

「分かってます。何かご用？」

ニックの口から出たのは、ベロニカが思いも寄らなかった言葉だった。

「うちのボスはバローズの件を見直す余地はないと思ってますが、僕でよければ協力します」

孤軍奮闘しているベロニカにとって、ニックの申し出はありがたかった。2人は近くのカフェレストランで再審請求の可能性について話し合った。

「普通、死刑の裁判では、被告側のすべての訴えを退けるのに10年はかかる。だが、バローズは3年だ」

「つまり政治的な圧力があって、早まったってこと？」

「被害者が副大統領の兄弟だから、当然とも言えるが」

ニックの指摘に、ベロニカは怪訝な表情になってたずねた。

「でも、どうやって裁判官全員に判決を早めさせたの？　全員を買収したとでも？」

「裁判官じゃない。書記官1人が迅速に処理すれば、それで済む。問題は早められた方法より、理由だ。バローズが罠《わな》にハメられたんだとしたら、いったい狙《ねら》いはなんだ？」

「たぶん、その答えは被害者にあると思うわ。ステッドマンはエコフィールド社の代表で、代替エネルギーの使用を推奨してた」

ベロニカの答えを聞くと、ニックの目が光った。

「代替エネルギーが普及しはじめると、だれが困るかを考えてみると……石油会社や政府は利益が減る。それで彼が邪魔になった。なぜ今まで再審を考えなかったんだ?」

ニックに言われる間でもなく、ベロニカはリンカーンを信じなかったことを今さらながらに悔やんでいた。

「彼が犯人だと思ってたの。まだ間に合う?」

ニックは淡々とした口調できっぱりと言った。

「手遅れかもしれない。覚悟はしておいたほうがいい」

その答えは、見え透いた慰めの言葉を聞くよりマシだった。恐らくニックは過去の経験にもとずいて言っているのだろう。ベロニカは脳裏をよぎった疑問を口にした。

「あなたは、なぜこの仕事をしてるの?」

とたんにニックの表情が翳《かげ》った。

「父親が冤罪《えんざい》で15年、服役した。政府の標的になったら、どれだけ逃れるのが難しいか知ってるからだ」

それからベロニカをひたと見すえた。

「どうする? 手を貸そうか?」

3

ヘイワイヤーはしばらくデスクの上の洗面用具を不思議そうに見つめていたかと思うと、マイケルに訊いた。

「俺の歯磨き粉、知らねえか？　ここにあったのに消えてる」

狭い房の中で何か物が消えたとしたらセルメイトの仕業に決まっているが、マイケルはシラを切った。

「さあ、知らないな」

「いつも同じ場所に置いてるんだ」

「どっかにあるさ」

素知らぬ顔を決めこんでいるマイケルを、ヘイワイヤーは鏡ごしに不信感いっぱいの目で注視していた。


「消灯10分前！」

いつもどおりの看守の声が聞こえてくる。ベッドに横たわったスクレは、天井に貼ったマリクルースと自分が写った楽しげな写真を見つめて、眠れない夜を迎えようとしていた。その胸には、彼女へのいとしさと憤り、それに嫉妬《しっと》や焦り、後悔といったさまざまな感情がうず巻いていた。

マイケルの寝息が聞こえてくると、ヘイワイヤーはベッドを降りていき、背中を向けて眠っている彼のシャツをそっと破ってタトゥーをのぞきこんだ。

ぐっすりと寝入っていたマイケルは、背中に何かの気配を感じ、ハッとして飛び起きた。ヘイワイヤーが目の前にひざまずいていた。

「迷路のタトゥーだ」

「俺に近寄るな」

マイケルはぎょっとして壁へあとずさった。だが、ヘイワイヤーはマイケルのシャツを脱がそうと手を伸ばしてくる。

「見せてくれ。もう我慢できない」

「言ったろ? 俺に近寄るんじゃない!」

マイケルが血相を変えて声を荒げると、ヘイワイヤーは引き下がったもののニヤリとしてつぶやいた。

「体に迷路か……」

そして、ぶつぶつ言いながら、房の中をうろうろと歩きはじめた。

「体に迷路がある。なぜ体に迷路がある? どうして……」

その様子を、マイケルはぞっとしながら見つめた。なんとかしなくてはならない……。

翌日、マイケルは運動場へ出ていくなり、アブルッチと肩を並べて歩きながらたずねた。

「鍵のかかっている薬品庫に入れるか？」

「場合によりけりだ。何がほしい？」

「排水管用の薬剤だ。なるべく早いうちに」

「房の中に雑草でも生えたか？」

マイケルはチラリと後ろを振り返って答えた。

「1本な」

そこには、スケッチブックを手にしたヘイワイヤーが、マイケルの背中をじっと見つめながら歩いていた。

マイケルがベンチに座っても、ヘイワイヤーはつきまとって離れなかった。あたかもシャツを透かして背中のタトゥーが見えているかのように、スケッチブックに鉛筆を走らせている。

マイケルがため息をついていると、アブルッチがやってきて隣に腰を下ろした。

「手っ取り早く除去しろ」

そう言うなり、アブルッチは手の中に隠し持った排水管用の薬剤とナイフを見せた。マイケルは薬剤のほうを選んだ。

「賢い方法でやる」

監房に戻ったマイケルは、ヘイワイヤーが診療室に行っている隙に、彼と自分の空の歯磨きのチューブに、それぞれ硫酸銅と排水管用の薬剤を入れ替えた。

運動場にいるマイケルのもとに、スクレが大股でまっすぐに近づいてきた。

「俺も仲間にしてくれ」

「もう遅い」

マイケルはそっけなく断った。それでもスクレは、数日前とは一変して必死に自分を売りこんでくる。

「なんでもするよ。見ろ、このたくましい腕。穴掘りマシーンだ。モグラみたいに掘りまくるぞ。頼む。入れてくれ」

「今は空きがない。あそこのゴッホがいるからね」

マイケルは相変わらず自分につきまとってスケッチをしているヘイワイヤーを目で示した。

「追い出しちまえよ」

「任せとけ」

マイケルがそう言ったとたん、スクレは人目もはばからず抱きついてきた。

「よかった！」

マイケルが戸惑っていると、スクレは体を離し、真剣な面持ちでさっそく訊いてきた。

「で、作戦は？」

マイケルは再び背後のヘイワイヤーをうかがい、淡々と告げた。

「とりあえずこう言っておこう。怪我人が出る」

シークレットサービスのケラーマンから二度目の電話があったときも、湖畔の別荘の女主人はキッチンに立ってピーマンを刻んでいた。

「なぜ見落としてたの？」

〝兄は父方、弟は母方の姓を名乗ってるんです〟

「前科はなく、優秀な建築技師だったのね？」

〝そうです〟

ケラーマンの答えを聞いた女主人は、刻んだピーマンを包丁でさっとボールの中に払い落して言った。

「それがいきなり銀行を襲って銃を発砲し、上訴もせずに死刑囚の兄がいる刑務所に潜りこんだっていうの？　絶対に裏があるわ」

〝お言葉ですが、兄弟で同じ刑務所に収監されることは、よくある話です。偶然ではないでしょうか？〟

ケラーマンの希望的憶測を無視し、女主人は厳然として命じた。

「弟をなんとかして。泣きを見たくなければ、先手を打つのよ」

運動場から戻ってきたマイケルは、房内へ入るなりぎょっとして立ちすくんだ。自分のベッドに、ヘイワイヤーがスケッチした数枚の絵を並べていたのだ。それはまさにマイケルのタトゥーを写し取ったものだった。しかもその絵には、道が描かれていた。

ヘイワイヤーはマイケルの顔を見るなり、絵をかざして訊いてきた。

「道なんだろ？　どこへつづいてる？」

その絵をマイケルが奪い取ろうとすると、ヘイワイヤーはすばやく遠ざけてつかみかかってきた。

「答えろ！」

マイケルは彼を押しやって、いきなり額を鉄格子に激しく打ちつけはじめた。

「イカれたか？」

ヘイワイヤーが呆然《ぼうぜん》と見つめるそばから、マイケルは額を手で押さえて大声を張りあげた。

「看守！　早く来てくれ！」

「なんだ？　何を騒いでる？」

駆けつけてきた看守は、額から血を流しているマイケルを見てあわてふためいた。

「なんてことだ！　40番を開けろ！」

扉が開くと、ヘイワイヤーはマイケルを指差して看守に告げた。

「こいつの体に道がある。どこかにつづいてる」

だが、神経症の彼の言葉に、看守は耳を貸さなかった。

「下がってろ！」

「見ろよ！　タトゥーが道なんだ」

「ヘイワイヤー、下がってろ」

「道があるんだ！」

ヘイワイヤーが再びマイケルにつかみかかろうとしたとたん、看守は彼の顔をめがけて催涙スプレーを噴射した。悲鳴をあげてうずくまるヘイワイヤーを2人の看守が取り押さえる。

「連れ出せ！」

「地獄だ！　地獄への道だぞ。地獄へつづいてる。俺たちを地獄へ連れていく気だ！」

わめくヘイワイヤーを、看守たちは房の外へ押し出し、引き立てていった。その姿を、マイケルは額から血を滴らせながらもうっすらと笑みを浮かべて見送った。


しばらくして額に絆創膏《ばんそうこう》を貼ったマイケルは、ベッドで本を読んでいた。突然、扉が開いて、顔をあげると、私物箱を持ったスクレがうれしそうにして監房の外に立っていた。マイケルも笑みを浮かべて彼を迎え入れようとしたそのとき、ベリック看守長が現れた。

「相棒が戻ってきたぞ。感動の再会じゃねえか」

ベリックは房の中に入ってきて、マイケルの耳元に口を寄せた。

「また所長に頼みやがったな。懲りない野郎だ」

いまいましげに言い置いてベリックが出ていくと、スクレが待ち兼ねたようにいそいそと房内へ入ってきた。

「戻ったぜ」

「お帰り」

スクレは拳を突き合せる握手をしようとしたが、マイケルはそのやり方を知らずに戸惑っている。そこでスクレは彼をハグし、戻れた喜びを表現した。

「で、いつはじめる?」

スクレにたずねられ、マイケルの顔にはじんわりと笑みが広がった。


翌日、診療室を訪れたマイケルは、サラがインスリンの注射の準備をしている隙に、排水溝に歯磨きチューブに入れた硫酸銅と排水管用の薬剤をすばやく流し入れた。2つの薬品は排水溝の中でたちまち細かく泡立った。

マイケルが診察用の椅子に戻ったとき、サラが注射器とインスリンを載せたトレイを持って診療室に入ってきた。

「こんにちは。気分は?」

マイケルは何食わぬ顔でシャツの袖をまくりあげながら答えた。

「いいよ」

サラは絆創膏を貼ったマイケルの額を見て顔をしかめた。

「その傷は?」

「バスケでひじ鉄を食らったんだ」

その話を、サラが信じていないのは明らかだ。

「診ても構わない？」

「もちろん」

手袋をはめた手で絆創膏をはがしたサラは、表情を強ばらせて言った。

「気をつけないと、そのうち殺されるわよ」

だが、ようやく脱獄準備を軌道に乗せることができたマイケルは、いつになく気分が高揚していた。

「賭《か》けよう。もし僕が生きて、ここから出られたら、君をディナーに連れていく」

サラは答えようとせず、硬い表情のまま彼の額の傷を手当している。

「ランチは？　コーヒーなら？」

マイケルがたたみかけると、サラは真剣な面持ちで彼を見つめた。

「そういう甘い考えがトラブルのもとになるのよ」

マイケルは彼女を騙《だま》していることに後ろめたさを覚え、口をつぐんだ。

「頭を前へ」

サラに絆創膏を貼ってもらいながら、マイケルは彼女ともっと別な場所で知り合えたらよかったのにと思わずにはいられなかった。

「じゃ、君が駐車場へ行くと、テレンス・ステッドマンはすでに死んでたんだな？」

ベロニカとともにフォックスリバー州立刑務所を訪れたニックは、接見室でリンカーンに事件の事実関係を確認していた。

「そうだ」

「それを見て君は逃げた。銃を持って……」

ニックをさえぎって、リンカーンは言った。

「銃は捨てた」

「どこに？」

「雨水の排水管だ。バンビューレン・アンド・ウェルズの」

リンカーンの言葉を、ベロニカが補足する。

「結局、見つからなかったわ」

ニックは質問をつづけた。

「そのあとは？　そのまま自宅へ戻ったのか？」

「ああ、バスルームで顔を洗いながら、何が起きたか考えていた。すると、バスルームの床に血だらけのズボンがあることに気づいた。1分もしないうちに警察が乗りこんできて……」

リンカーンのあとを受けて、ベロニカは言った。

「そのステッドマンの血がついたズボンだけど、最初に駆けつけた警官は、あなたがそれを洗ってたと証言してるわ」

「嘘だ。俺の手は濡れていたが、それは顔を洗ってたからだ。ズボンには触れてもいない。その前に、警官が銃を構えて乗りこんできたから」

ニックは考えるようにしてから、さらにたずねた。

「凶器の銃は？　君が捨てたという銃がなぜ家にあったんだ？」

「だれかがうちに置いたとしか思えない」

「弾道検査では、現場の弾丸と一致してるが？」

ニックの矢継ぎ早の問いかけに、リンカーンは苛立った声をあげた。

「銃はだれかがうちに置いたんだ！　ズボンもな」

「君の指紋がついてたんだぞ」

ニックの指摘を受けたリンカーンはしばし考えこむ素振りを見せていたが、ほどなくしてハッとしたような表情になった。

「ボーだ」

「ボーって？」

「すべてを手配した男だ。奴の仕業に違いない」

「前の晩、俺を呼び出して、銃を選ばせた。罠だったんだ。その銃が犯行に使われた。だから俺の指紋がついてたんだ」

「じゃ、そのボーって男が、9万ドルの借金を帳消しにするから殺せって言ったのか？」

すると、リンカーンは言った。

「息子を殺すと脅されたんだ」

刑務所から出て駐車場を横切りながら、ベロニカはニックにたずねた。

「どう?」

「いくら無実だと訴えても、防犯カメラに引き金を引くところが映ってる。テープを持ってるって言ったよな?」

「ええ」

「彼が無実なら、テープは偽造だ。調べてみよう」

ニックはそう言って車に乗りこんだ。


鉄格子の扉の前に立ったスクレは、小さなステンレスミラーで通路にいる看守たちの動向を監視し、マイケルにささやいた。

「いいぞ」

マイケルがボルトでシンクのネジを外しはじめると、スクレはベッドにあった歯磨きチューブの蓋を開けた。中の匂いを嗅《か》ぐなり、顔をしかめてマイケルにたずねる。

「薬品が鉄のパイプを溶かすなら、なんでこのチューブは無事なんだ?」

マイケルは作業の手を休めることなく答えた。

「薬品が混ざったときだけ反応する」

「化学の勉強でもしたのか?」

「独学でね」

再び鏡で通路をチェックしたスクレは、マイケルのもとに戻って訊いた。

「だけど、なぜ診療室なんだ？　ここと関係があるのか？」

マイケルはネジを外したシンクを壁から離しながら説明した。

「ここはスタート地点にすぎない。ここから外の塀までは多くの建物があるが、診療室は一番、塀に近い。しかも警備がもっとも手薄だ」

壁があらわになって、スクレは目を輝かせた。

「いいねえ」

マイケルはすでに削ってある目地の隙間に紙を差し入れ、穴の大きさを確認した。

「これだけ削れば、もうぶち抜けるだろう。何か大きな音を立ててくれ」

ニヤリとして扉の前に立ったスクレは、スペイン語の歌を歌いはじめた。

「コモ・ゥナ・プロメーサー……」

その声はごく普通の音量で、マイケルが期待したものとはほど遠かった。

「それで精いっぱいか？」

「俺を信じろよ、相棒。大丈夫だよ」

スクレは笑みを浮かべてマイケルにウィンクし、再び同じ音量で歌い出した。

「コモ・ゥナ・ソンリーサ……」

すると、棟内のあちらこちらから怒鳴り声があがった。

「うるせえ！」

「黙れ！」

やがて囚人たちが口々にわめいたり、鉄格子を叩いたりして棟内は騒然となった。その隙に、マイケルは壁のパネルをブーツの足で蹴《け》りつけた。パネル2枚をぶち抜き、壁に穴が開いたとき、ベリック看守長の怒声が棟内に響き渡った。

「全員、口を閉じろ！　口を開いた奴は懲罰房へ入れるぞ！」

とたんに、棟内は水を打ったように静まり返った。スクレは再度、鏡で通路をチェックしてマイケルにささやいた。

「よし、いいぞ」

マイケルは壁に開いた穴に体を差し入れ、中の様子をうかがった。壁の裏には図面にあったとおり、メンテナンス用の細い通路が延びていた。


その夜、早目にケラーマンから解放されたヘイルは、久しぶりに妊娠中の妻アリソンと7歳の娘、それに5歳になる息子とともに夕食のテーブルを囲んでいた。だが、せっかく家族揃って食事をしているというのに、ヘイルの気持ちは弾まなかった。必死に命乞いをしていたルティシアの姿が、あれ以来ずっと頭から離れないのだ。もし自分の娘や妻がなんの罪もないのにあんな目に遭《あ》ったらと思うと、とても平静ではいられない。仕事とはいえ、ケラーマンに命じられるままにどんどん悪事に手を染めているような気がして、ヘイルは密かに苦悩していた。

「大丈夫?」

アリソンの声が聞こえ、ぼんやりとしていたヘイルは我に返って作り笑いを浮かべた。

「ごめん、ちょっと仕事のことで考え事をしてた」

「そう。なんだか疲れてるみたいね」

アリソンが彼の顔をのぞきこんだそのとき、玄関のチャイムが鳴った。

「俺が出るよ」

妻を身振りで制し、ヘイルは玄関へ向かった。ドアを開けると、そこにはケラーマンが立っていた。彼の顔を見たとたん、ヘイルは胃が引きつるのを感じながらたずねた。

「どうしました?」

「朗報だ」

ケラーマンはいつになく上機嫌の様子だ。

「食事していきます?」

「いや、直接、会って伝えたかっただけだ」

ヘイルがドアを閉めて外へ出ると、ケラーマンは一枚の書類を差し出した。

「見ろ、これで問題解決だ」

「なんです?」

訝しげなヘイルにケラーマンは笑みを浮かべて告げた。

「移送要請書だよ。マイケル・スコフィールドをよそへ移す。明日だ」

第5章　イングリッシュ、フィッツ、パーシー

ENGLISH, FITZ OR PERCY

1

「マイケル・スコフィールドの移送要請の件ですね？」

ポープ所長は所長室のデスクにまわりこみながら、椅子《いす》に座っているシークレットサービスの2人の捜査官を用心深く見やった。

「なぜ却下されたんですか？」

声に非難をにじませるケラーマンに、ポープはデスクの前に立ったまま顔を強ばらせた。

「自分の家の家具をどこに置くか、あなたは他人に口出しされたいですか？　彼をどこへ移すかは、私が決めます」

ヘイルが当惑した様子で彼を見あげる。

「政府からの頼みですよ」

ある政府要人の名前で出されたマイケルの移送要請を、ポープが却下したことがいまだ信じられないといった顔つきだ。

「州立刑務所は、連邦政府の頼みを聞く義務はありません」

ポープが厳しい顔をヘイルに向けていると、ケラーマンが言った。

「囚人が減ることになるんですよ。あなたの立場なら喜ぶはずですがね」

その言葉に、ポープはいっそう表情を硬くした。

「私には所長としての責任があります。受刑者が入所してから社会への償いを終えるまで見届けるという責任がね。ですからよほどのことがないかぎり、スコフィールドをよそへは移せません」

ケラーマンが上目遣いにポープを見つめる。

「我々は仕事柄、どんな人でも、よほどのことをしてるものだということを知ってます」

その言葉の意味を量りかね、ポープは黙りこんだ。すると、ケラーマンがブリーフケースからファイルを取り出して彼に手渡した。

「なんです?」

「過去の汚点を知られてもいいんですか?」

ファイルの〝トリード〟、〝ヘンリー・ポープ〟という文字が目に飛びこんできて、ポープはさっと顔色を変えた。古い荷物を背負い直すかのように、両肩を怒らせて口を開く。

「この件は妻も承知している」

「本当ですか?」

ケラーマンの自信たっぷりの目に気圧《けお》され、ポープはファイルを開いた。とたんにポープはがっくりと椅子に腰に落とした。その様子を見つめながら、ケラーマンは勝ち誇ったような笑みを浮かべた。

「所長は聡明でいらっしゃる。よく考えてみれば、お分かりでしょう。スコフィールドの移送に同意するべきだとね」

ケラーマンの言葉が悪魔のささやきのように、ポープの耳に突き刺さる。その目は、ファイルの中の1枚の写真に釘づけになっていた。そこには、頭から血を流して地面に倒れている青年の無惨な最期の姿があった。

運動場の片隅で刑務作業をしていたマイケルは、鋏《はさみ》でゴムホースを切ろうとしたが切れず、監視についている看守に呼びかけた。

「ボス、工具を換えたい」

看守が身振りで倉庫へ行って取ってこいと合図する。マイケルが倉庫へ向かった直後、すぐ近くで穴を掘っていたリンカーンがスコップの先を足で踏みつけて柄の部分から外し、それを看守に見せて言った。

「壊れた」

「倉庫で換えてこい」

看守はすぐに応じたが、倉庫へ向かおうとするリンカーンに念を押すことを忘れなかった。

「何も盗るなよ。あとで調べるからな」

リンカーンが倉庫へ入ろうしたそのとき、アブルッチが中から出てきて看守に告げた。

「倉庫の中で肥料の袋が破れてる」

看守はうなずいただけで、見にいこうとはしない。アブルッチは倉庫の前の花壇にいたスクレに命じた。

「おい、お前。入って片づけろ。肥料臭くて堪《たま》らねえ。プエルトリコみてえな臭《にお》いだ」

「クソッ！　ばかにしやがって」

スクレはぶつぶつ言いながら、アブルッチについて倉庫へ入った。そこにはマイケルとリンカーンが待ち構えていた。

「なんでスクレまで呼ぶんだ？」

アブルッチは不満げだ。

「一緒に脱獄するメンバーだ」

マイケルの答えを聞くと、アブルッチは顔色を変えた。

「冗談だろ。話が違うじゃねえか」

それからリンカーンを指差して言い募る。

「こんな見境のねえ野獣とは組めねえ」

リンカーンはこの刑務所でかなり悪名を馳《は》せているらしい。

「ほざいてろ」

リンカーンは相手にしなかったが、アブルッチは納まらなかった。

「ああ、何度でも言ってやるよ」

「なんだって？　文句あるのか？」

リンカーンが血相変えて詰め寄ってくると、アブルッチはさらに挑発した。

「なんだ、やる気か？」

リンカーンは彼の胸ぐらをつかんですごんだ。

「今度弟に手を出したら、ただじゃおかねえぞ」

とたんに、アブルッチは呆気にとられた表情になった。

「……弟？　弟だって？」

マイケルがすばやく口を挟む。

「今は時間がない。いがみ合うより、仕事の話をしよう」

そのひと言でリンカーンは身を引き、アブルッチは黙りこんだ。マイケルはさっそく話しはじめた。

「今日はあることを決めたい。イングリッシュか、フィッツか、パーシーか、やり遂げるには、どれか選ばなきゃならない」

それらはこの刑務所へ向かって延びている道の名前だった。

「俺たちに選べっていうのか？」

アブルッチが苛立《いらだ》った声をあげる。

「手を貸してもらいたいだけだ。俺が見て決める」

「見て決める？」

スクレが眉を曇らせてマイケルを見やった。

「5分あれば十分だ」

「5秒で捕まるさ」

アブルッチが異議を唱え、スクレもいっそう不安げな表情になった。

「計画は完璧《かんぺき》なんじゃなかったのか？」

マイケルは落ち着き払った態度で答えた。

「俺は外にいたんだ。外からじゃ、分からないことがたくさんある」

「イングリッシュか、フィッツか、パーシーか？」

リンカーンが弟を助けるように、話を本題に戻す。

「ああ、一つ選ぶ」

アブルッチは考えこむ素振りをしてから、マイケルに顔を突きつけた。

「どうやって？」

マイケルは淡々と答えた。

「友達に手伝わせる」

刑務作業を終えたマイケルとスクレは、2名の看守に付き添われて監房へ戻ってきた。ところが、自分たちの房の手前まで来たとき、中から出てきた看守に止められた。

「スクレは待て。スコフィールドだけ入れ。お客さんだ」

マイケルは内心ぎくりとして、恐る恐る房の前へ進んだ。房のデスクの椅子に、ポープ所長が窮屈そうに腰かけていた。最悪の事態を予想したマイケルは俯《うつむ》き加減に房の中へ足を踏み入れ、ポープを見るふりをしてその横にあるシンクに目を走らせた。

シンクは何事もなく壁にくっついていた。だが、タンクの側面にパイプから漏れた水が滴り落ちてきている。マイケルは用心深く身構え、ポープが口を開くのを待った。

「君には、裏がある気がするのはなぜかな？　何かあるのか？　君は本当に銀行強盗をしただけかね？」

黙ったままのマイケルの顔を、ポープはのぞきこむようにしていたが、業を煮やしたように立ちあがって告げた。

「君を移送する」

「えっ？」

マイケルは愕然《がくぜん》としてポープを見つめた。

「ステーツビルの施設へ移す」

「断る」

「断る権利はない。ボスは私だ」

マイケルはすばやく考えをめぐらせて決断した。

「あと3週間」

「3週間？　どういうことだ？」

「リンカーン・バローズの死刑執行が3週間後です」

「それが君になんの関係がある？」

「兄なんです」

驚いた様子でまじまじと見つめるポープに、マイケルは言った。

「俺の刑務所行きが決まったとき、弁護士がここへ入れるよう取り計らってくれました」

「兄さんの近くにいられるようにか？」

「そうです」

マイケルの答えを聞いたポープは、ごくりと唾《つば》を飲み下して顔をそむけた。マイケルはここぞとばかりにたたみかけた。

「そばにいさせてください。すべてが終わるまでは」

ポープはマイケルに顔を戻して告げた。

「移送は私の考えじゃない。ある大物から要請があったんだ」

その事実にマイケルが衝撃を受けていると、ポープは言った。

「最後に兄さんと別れを言えるよう手配する。移送は明日だ」

言葉もなく立ち尽くすマイケルをその場に残し、ポープはすばやく房から出ていった。入れ違いにスクレが顔を強ばらせて入ってきた。だが、マイケルは彼と目を合わせることができなかった。

マイケルの監房から戻ったポープは所長室にこもり、改めてケラーマンが置いていったファイルを引き出しの奥から引っ張り出した。ファイルを開くと、先ほどの遺体の写真の下に新聞記事の切り抜きがあった。

それは1998年7月16日付けのトリードの地元新聞の記事で、笑みを浮かべた青年の顔写真の上に〝地元の青年、遺体で発見〟と太字の見出しが躍っていた。その自分とそっくりの顔立ちの青年の写真を見つめているうちに、ポープはいつしか聖書を手にしていた。おりしも遠くから所内アナウンスの声が流れてきた。

〝礼拝をはじめる。受刑者は礼拝堂に集合のこと……〟

礼拝堂に入ったマイケルは、いつものように手錠と足枷《あしかせ》をはめられた姿で最前列に1人で座らされているリンカーンの真後ろに座った。

「今夜、壁の中に入って屋根に出られるかやってみる」

マイケルがささやくと、リンカーンは前を向いたままささやき返した。

「移送のことは言わないのか?」

刑務所内では、噂《うわさ》が広まるのは早い。

「なんとか手を打つ」

「なんとか？　本当に大丈夫なのか？」

「大丈夫だ。きっと」

リンカーンは深々とため息をついた。

「きっとか……。死を覚悟したのに、お前が現れて余計なものをくれた。希望だ。でも結局はそれをもぎ取られ……」

兄の悲痛な言葉に、マイケルの胸は痛んだ。

「やめろよ、心配ない」

「あと3週間しかない。俺はどうすればいい？」

動揺している兄を前にして、俯いて慰めの言葉を探したマイケルの脳裏に、懐かしくも切ない思い出がよみがえった。


――母親の葬儀のあと、ミシガン湖畔の公園で途方に暮れて湖面を見つめていた10歳のマイケルに、16歳のリンカーンが声をかけてきた。

「なあ、マイケル。どうしてほしい？」

「ママを取り戻して」

「そんなことは無理だ。でも、俺がついてる。2人で頑張って生きていこう。どんなことがあっても、俺たちはずっと一緒なんだから」

「それじゃ兄さんに何かあったら？」

不安に駆られてたずねたマイケルの肩を、リンカーンは引き寄せて力強く言った。

「大丈夫。ただ信じていればいい」――

マイケルは顔をあげ、リンカーンの肩に手を置いた。

「ただ信じることだ」

2

ベロニカのアパートメントの部屋で、監視カメラのテープに目を通したニックは肩をすくめて言った。

「これだけは確かだ。リンカーンが無実なら、テープは偽造ってことになる」

「でも犯行の一部始終が映ってたわ」

ベロニカが力なく頭《かぶり》を振ると、ニックは一時停止にしてあるテレビ画面に映ったリンカーンの顔を見つめて考えこんだ。

「何か見落としているのかも」

リモコンをつかんだニックは、テープを巻き戻してステッドマンの車が駐車場へ入ってくるシーンのところで一時停止にし、すかさずベロニカに問いかけた。

「いいかい、このステッドマンの目、どこを見てる?」

画面の中では、頭の禿《は》げあがったメガネの男が、運転席から身を乗り出すようにして何かを見ていた。

「車とか歩行者かしら?」

ベロニカが答えると、ニックは言った。

「いや、それより目線はもっと上だ。わざと監視カメラを見てる。まるで〝チーズ〟と言わんばかりだ」

ベロニカはハッとして食い入るように画面を見つめた。確かにニックの指摘どおり、ステッドマンの目線は不自然だ。普通、人は監視カメラの位置など気にもしない。考えてみれば、比較的混んでいる駐車場の中で、たまたま監視カメラの真下のスペースが空いていたことも妙だった。

ニックがテープをまわしてステッドマンの車が動き出すにつれ、ベロニカは画面に目を釘づけにしてつぶやいた。

「そして、ステッドマンは駐車したけど、降りずに座ってる」

ニックがうなずいてつづける。

「10秒、15秒と、まるでここで……」

「だれかを待ってるみたい」

2人は顔を見合わせた。

「そう」

相づちを打ったニックは再びリモコンを掲げ、リンカーンが現れて拳銃を発砲するシーンを画面に映し出した。銃声がするなり、ニックはテープを少し巻き戻して一時停止にした。

「ほら、ここ。9ミリの銃を撃ったのに、手に反動がない」

「彼、頑丈だから」

「それでも動くさ」

ニックはテープをまわし、画面の中のリンカーンの動きを追った。

「それに復讐のために人を殺したら、普通、車に戻って中を漁ったりするか？　すぐ逃げるんじゃないか？」

「当局は強盗に見せかけるためだって」

「ああ」

ニックはリンカーンが発砲したあとのシーンまでテープを巻き戻した。

「見てくれ。リンカーンが画面から消えるときの角度。最初は顔がはっきり映ってるだろ？　一度、消える。そして、都合よくカメラに背を向けた男が現れ、車に入る。なぜだと思う？」

「リンカーンの自宅にあったズボンね。あのズボンに血がつく状況を映しておくためだわ。ニック、すごい！」

新たな発見に興奮したベロニカの顔に、笑みが広がった。

「どうする？　だれに言えばいいの？」

だが、ニックはあくまでも慎重だった。

「うかつには動けない。現時点では仮説だ。推測だけで証拠は何もない。彼の無実を立証するには、テープの偽造を証明しないと」

ベロニカの笑みはたちまちしぼんだ。

「どうやって？」

ニックは少し考えて答えた。

「ある男がいる」

しばらくしてベロニカとニックは、チャズという名のヒスパニック系の男のハイテク機器に囲まれたオフィスにいた。アフロヘアで薄い口ひげを生やしている小太りのチャズは、ベロニカたちが持ちこんだ監視カメラのテープを観るなり、ため息をついた。

「超プロ級の偽造だ。相当もらってるな」

「心当たりはないかい？」

ニックの問いかけに、チャズは肩をすくめた。

「こういう仕事を受けるのは裏の人間だから、俺には見当もつかない」

ベロニカは食い下がった。

「偽造だと立証できる？　不自然な点とかはない？」

「まったくないね。一つもない。細かく分析していけば、普通はボロが出てくる。だが、これは違う。完璧なできだ」

そう言いながらもチャズはその道のプロとして大いに興味を惹《ひ》かれているらしく、いくつもの大きなモニターにテープを映し出し、シーンごとに改めて目を凝らしている。リンカーンが発砲したシーンがモニターに映ったとたん、チャズは驚きの声をあげた。

「おっ？　おいおい……」

「どうした？」

ニックが身を乗り出し、ベロニカも緊張してチャズの背中を見つめる。チャズは2人を肩ごしに交互に振り返り、興奮した口調で告げた。

「我々の目は欺けても、耳は欺けなかった」

音声分析装置のモニターを示してつづける。

「音声の波形をよく見てくれ」

〝バン!〟というリンカーンが発砲した銃声とともにモニターに波形が表れた。しかし、それはすぐに消えてしまった。チャズは身振り手振りも激しく解説をはじめた。

「音は本物っぽい」

「ああ」

ニックが相づちを打つ。

「だが、音は生きてるんだ。今みたいに突然、死にはしない。いいか」

チャズはもう一度、発砲音を出し、モニターを示した。

「細かい波がガタガタ揺れ、耳にも残響が聞こえるはずなんだ。とくにこういう場所なら、バン、バン、バン……って、音が壁のあちこちに当たってばらばらに聞こえる。でも、これは残響が聞こえない」

ベロニカは当惑してたずねた。

「どういう意味?」

「つまりこの銃声は偽物さ。あとからつけたものだ」

チャズの明瞭な答えを聞くと、ベロニカは勢いこんだ。

「証言できる?」

すると、チャズはにわかに表情を曇らせた。

「それはどうかな。確かに偽造だが、このテープはコピーだ。法廷で証言するには、マスターテープがいる」

ベロニカは愕然としてニックと顔と見合わせた。マスターテープは州立裁判所の証拠保管庫に保管されているはずで、持ち出すことは至難の業《わざ》だと思われた。

3

食堂でマイケルが配膳係から食事を受け取っていると、アブルッチが近づいてきた。

「説明しろ。よそへ移るって噂だぞ」

「信じるな。俺はどこへも行かない」

マイケルはトレーを持ってテーブルのほうへ移動した。アブルッチがついてきて食い下がる。

「信じられねえ」

「今は仕事に集中してくれ」

「イングリッシュか、フィッツか、パーシーか?」

からかうようなうすら笑いを浮かべるアブルッチに、マイケルは生真面目《まじめ》に言い返した。

「イングリッシュか、フィッツか、パーシーの調査だ」

「俺が選んでやろうか?」

マイケルはウエストモアランドが座っているテーブルの近くまで来ると足を止めた。

「せっかくだが断る。正解を知りたい。所長は5時にここを出る。それまでに、例の鍵を用意してくれ」

「その鍵で、正解が分かるのか?」

「心配するな。あんたは鍵を手に入れてくれ」

アブルッチはマイケルの胸ぐらをつかんですごんだ。

「その鍵を無駄《むだ》にしたら、承知しねえぞ。分かったな」

アブルッチが立ち去ると、マイケルはウエストモアランドのテーブルに歩み寄った。懐に抱いている猫にミルクを飲ませていたウエストモアランドは顔をあげ、愛想よく応じた。

「やあ、マイケル」

マイケルは彼の横に座るなりすばやく辺りを見渡し、真剣な面持ちでたずねた。

「移送命令を取り消しにする方法は?」

「50ほどあるぞ」

「一番早いのがいい」

「申請書を出せばいい。いわゆる移送差し止めの仮処分を求めるんだ」

「時間がかかるんじゃないか?」

「かからん。申請書を書くだけだ。移送は権利侵害に当たると訴えろ。環境やアレルギーとか、宗教上の問題など何を書いても構わない」

「認められなかったら?」

ウエストモアランドは笑みを浮かべた。

「裁判所が訴えを処理するまで移されはしない。私はその手で移送を10年も延ばしてる。司法制度に万歳さ」

マイケルの顔もようやくほころぶ。

「どうしてそんなにここにいたいんだ?」

ウエストモアランドは猫のマリリンをいとおしそうに抱き直して答えた。

「置いていけない者がいるからさ」

そして、真剣な表情でマイケルの顔をのぞきこむ。

「きっと君も俺と同じ事情なんだろ?」

マイケルは黙ったまま意味ありげな笑みで答えた。


「リンカーン・バローズの健康診断をしないと」

管理棟から診療室へ向かう途中、サラがカルテを見ながらつぶやくと、肩を並べて歩いていた看護師のケイティーが言った。

「聞きました?」

「何を?」

「兄弟だって」

「だれが?」

「バローズとスコフィールド」

サラは驚いてケイティーを見やった。

「あのマイケルとバローズが?」

「刑務官から聞きました。知らなかったんですか?」

「ええ」

サラはショックを受けて考えこんだ。

「辛いでしょうね。兄の死刑を待つだけなんて」

ケイティーの言葉を聞きながら、サラはマイケルに抱いていた疑問の一片が解けたような気がしていた。彼のように非の打ちどころのないキャリアの青年が、なぜ銀行強盗など犯して刑務所に入ってきたのかを……。


所長室に書類を手にしたベリック看守長がやってきた。

「なんだ?」

ポープ所長がたずねると、ベリックは皮肉っぽい笑みを浮かべながら2ページにわたる手書きの申請書を差し出した。

「ちょっとした読み物ですよ」

「ウエストモアランドのか?」

ポープの問いかけに、ベッリクはいまいましげに告げた。

「スコフィールドです。移送を阻止する気だ」

ウエストモアランドの入れ知恵で移送差し止めの仮処分の申請書を提出したマイケルは、監房でスクレに説明していた。

「却下されるとしても、30日はかかる。それまでには……」

スクレの顔にようやく笑みが戻り、口笛を吹いてマイケルに拳《こぶし》を突き出した。今度はマイケルもうまく拳を合わせ、腕時計を見やって言った。

「よし、行ってくる。手伝ってくれ」

スクレはたちまち当惑した表情になった。

「行くだって？　今じゃなくても、もう少しあとにすれば……」

「上へ行く手順を確かめておきたい。本番で手間取らないように」

「まだ電気が点《つ》いてるだろ。丸見えだぞ。どうやって隠すんだ？」

あわてふためくスクレに、マイケルは彼がベッドに脱ぎ捨ててあったアンダーシャツを引っ張り出して押しつけた。

「洗濯物があるだろ？」

ほどなくしてシンクのネジを外しはじめたマイケルのそばで、スクレはありったけの衣類の洗濯をしていた。

「言っとくが、お前のパンツは洗わねえぞ」

スクレは洗濯物をちょうどシンクの辺りが見えなくなるよう房の中に斜めに渡したロープにかけ、小さなステンレスミラーを取り出して通路の看守の動向をうかがった。

そのころ、アブルッチは運動場へ向かってほかの囚人たちと1列になって歩いていた。

「さっさと歩け！」

囚人たちを叱咤《しった》しているベンという名の看守の前を通りすぎた直後、アブルッチは後ろにいた手下の白人スコットに向かって小声で命じた。

「やれ」

とたんにスコットは列から飛び出し、ベンを殴り倒した。たちまち囚人たちが列を崩して騒然となるなか、スコットは倒れたベンに飛びかかるふりをし、彼の腰からぶら下っていた鍵束をつかんだ。

その場にいたほかの看守たちが騒ぎ立てる囚人たちを押し戻す一方、スコットをベンから引きはがしにかかる。だが、スコットは看守たちと揉《も》み合いながらも、ベンの鍵束をしっかりと握って離さなかった。すぐに監視塔の看守が威嚇射撃をしてきて、囚人たちは皆、一斉に芝生に伏せた。ひるんだスコットも看守の１人に腹部を幾度も蹴《け》りつけられ、ついに鍵束を離して芝生に転がった。

取り押さえられて後ろ手に手錠をかけられたスコットの腹を、ベンがいまいましげに殴りつけ、ほかの看守とともに引き立てていく。その間に地面に伏せていたアブルッチは、すばやく辺りを見まわしてある物を探した。

あった！　それは芝生に落ちていた白い石けんだった。石けんにはくっきりと鍵の形が残っている。スコットが身を挺《てい》し、ある部屋の鍵の型を取ったのだ。アブルッチはその石けんをつかみ取ると、何食わぬ顔をして立ちあがった。

壁の穴の中に入ったマイケルは、小さな照明が灯ったメンテナンス用の通路に立ち、辺りを用心深くうかがった。周囲を見渡して電気の配線やガス管の位置をチェックすると、シャツをめくってタトゥーに秘められた図面を確認し、腕時計のストップウォッチを押した。そして、歩数を数えながら格子状になっているスチール製の通路を進みはじめた。

13歩目で立ち止まったマイケルは、壁に両足をかけてよじのぼり、1段上の階の通路の格子を外した。その位置の格子が外れるようになっていることを、マイケルは図面を見て知っていたのだ。

格子の穴から顔だけをのぞかせて辺りを見まわす。そこにも長くて細い照明の灯った通路が延びていたが、メンテナンスの作業員や看守の姿はなかった。マイケルは会心の笑みを浮かべ、1段上への通路へと出ていった。

その通路も歩数を数えて進んだマイケルは、管理棟の裏側に侵入していた。格子を外せる場所に来ると、マイケルはさらに上の階の通路をめざして壁をよじのぼっていった。途中、再びシャツをめくってタトゥーの図面を確認し、格子の間から上を仰ぎ見る。もう1段上の通路の天井に、管理棟の屋根へ抜けるハッチがあった。

4階建ての管理棟の屋根に出れば、この刑務所へ向かって延びている3つの通りをすべて見渡すことができる。しかもハッチに鍵はついていなかった。

マイケルは口元を緩ませ、下へ向かって引き返した。自分の監房がある階へ降り立ったそのとき、はるか前方の通路の入り口のドアが開き、作業員が入ってくるのが見えた。マイケルはとっさに天井のパイプに飛びついた。

そのころ房の中では、スクレが気を揉んでいた。

「新入り！　早く戻ってこい！」

壁の穴の中に小声で呼びかけてみては、扉へ戻って鏡で通路をチェックする。

「心配だな……」

一方、壁の裏側では、年配の作業員が通路の奥まで入ってきてタバコを吸いはじめていた。作業帽を被った彼の頭上には、パイプの隙間《すきま》に体をうつ伏せにして横たわり、息を殺してへばりついているマイケルの姿があった。作業員は壁に寄りかかり、深々とタバコを吸ってはゆっくりと煙をくゆらしている。その煙がマイケルの顔に直接かかるくらいの近さだ。

マイケルは身じろぎもできずにタバコの煙にむせびそうになるのを堪《こら》えていたが、緊張と恐怖から顔には大粒の汗が浮いていた。だが、作業員はなかなか立ち去ろうとはしない。汗を拭《ぬぐ》うこともかなわないマイケルにとっては、気が遠くなるほどの時間が経ったように思われたその刹那《せつな》、鼻先から大粒の汗がこぼれ落ちた。

見つかってしまう！　胃がぎゅっと縮みあがり、マイケルが恐怖に目を大きく見開いた瞬間、汗のしずくは作業員の足元の格子に音を立てて落ち、弾け飛んだ。同時に作業員はくるりと体の向きを変え、タバコを壁に押しつけて消したかと思うと背を丸めて立ち去っていった。

「マジで焦ったぞ！」

監房に戻ってシンクのネジを留め直しているマイケルに、スクレが嚙《か》みついた。

「プエルトリコ人は遺伝的に血圧が高いって知らねえのか？　従兄弟《いとこ》なんてストレスのせいで死んだんだぞ」

マイケルは振り向きもせず、ネジをまわしながら言った。

「それって婚約者を狙《ねら》ってる奴か？」

「そりゃ別の従兄弟だよ。思い出させてくれてありがとよ」

ネジを留め終わったマイケルは、ドライバー代わりのボルトを本の間にしまいながら憮然《ぶぜん》とした顔つきのスクレに告げた。

「いい知らせがある。屋根に出られるぞ」

「つぎはどうする？」

「あとは……すべてタイミングしだいだ」

そう答えると、マイケルは扉の鉄格子の前に立ち、斜め前方のアブルッチの房をうかがった。アブルッチもちょうど鉄格子の前に寄りかかるようにして立っていた。彼の背後では、手下のセルメイトが石けんの鍵型に、歯ブラシの柄をマッチの炎で溶かして流しこんでいる最中だった。あと数分で完成だ。アブルッチは腕時計に目を落とした。

午後3時50分。

時間を確認すると、アブルッチはマイケルに向かって小さくうなずいた。

4

「アレルギーはどうだ？」

いつものように所長室の隣の部屋でタージマハルの模型に頭を突っこんで作業を進めているマイケルの耳に、ポープ所長の声が聞こえてきた。マイケルは模型の中に頭を突っこんだまま聞き返した。

「なんです？」

「申請書に慢性の副鼻腔炎《びこう》と……」

マイケルは顔をあげ、厳しい表情で自分を見つめている所長と向き合った。

「アレルギーではなく、細菌による感染症です。でもここは、東側の川から吹いてくる湿った空気のお陰で調子がいい」

所長は苦い笑みを浮かべた。

「驚いたな。ここへ入ってまだ間もないというのに、まるで古株のような手を使うとは……」

「所長には負けますよ。あなたが移送を決めた理由が、俺にはまったくの謎ですから」

マイケルが模型作りを再開しながら嫌味で応酬すると、所長はうろたえた様子で壁の時計を見やった。

「単に人数調整のためだよ。じき5時だ。今日はここまでにしよう。房に戻れ」

マイケルはタージマハルの模型の中に両手を入れたまま言った。

「それはちょっと無理ですね」

「なぜだ?」

「今、手を離すと、すべて崩れてしまいます」

所長がタージマハルの模型の中をのぞきこむ。マイケルは天井部分を両手で押さえた格好で説明した。

「接着剤が乾いてないから、縦方向に荷重がかかりすぎると……」

所長は顔をあげ、マイケルの説明をさえぎった。

「分かった。あとどれくらいかかる?」

「どれくらいで乾くかによります。房に戻れと言うなら、秘書のベッキーさんに支え方を教えましょうか?」

所長は一瞬のためらいのあとに許可した。

「乾くまでいていい。外に刑務官を待たせておくから、終わったらベッキーに言え。房まで送らせる」

「分かりました」

すると、所長は改めてマイケルに歩み寄った。

「今日、来てくれて感謝してる。二度と来ないかと思ってた」

「約束ですから」

「ああ、とにかくありがとう。家内もきっと喜んでくれる」

「どういたしまして」

所長が満足そうにうなずいて部屋から出ていくなり、マイケルは模型の天井から手を離し、ドアへ歩み寄って耳をそばだてた。

「また明日」

「おやすみなさい」

所長と秘書のベッキーの声につづき、ドアが閉まる音が聞こえてくる。マイケルはそっとドアを開け、隣室の様子をうかがった。自分に付き添ってきたパターソンという黒人の看守が、彼女のデスクに身を乗り出すようにしている。

「俺たちはたまたま知り合いで、たまたま同じ時間に、同じ映画館に居合わせるんだ。それならいいだろ？」

ベッキーはうれしそうに身をよじって笑い声を立てている。どうやらパターソンがベッキーをくどいているらしい。ニヤリとしてドアを閉めたマイケルは、部屋を横切って裏口のドアへ向かった。ドアノブをまわしてみたが、そこには鍵がかかっていた。マイケルは顔をしかめて壁の時計を見やった。時刻は午後4時55分。約束の時間より、まだ5分早い。

仕方なく模型の作業台まで下がったマイケルは、模様格子の通気孔の窓を見つめ、廊下の気配に耳を澄ましながら待った。

そのころアブルッチは掃除用具を満載したカートを押し、所長室の裏手の廊下へ向かって急いでいた。

刑務所のすぐ近くにある自宅に戻ったポープ所長は、勝手口から家の中へ入っていった。この時刻、妻のジュディはキッチンにいることが多いからだ。案の定、ジュディはキッチンのカウンターで、2個の大きめのグラスに彼女特製のアイスティーを注いでいた。

ポープは書類カバンをカウンターの隅に置くなり、いくぶん芝居がかって愛妻に声をかけた。

「こうして見ると、出会ったころと同じだな」

ジュディも調子を合わせてポーズを取る。

「この角度はどう？」

「もっといい」

ポープは満面の笑みで彼女に歩み寄り、キスと抱擁を交わすと、アイスティーのグラスに手を伸ばした。すかさずジュディが言った。

「あら、だめよ。お客様に出すの」

「客？」

「お仕事の打ち合わせでしょ？　書斎でお待ちよ」

ポープは嫌な予感がして書斎へ急いだ。そこに待っていたのは、予想通りの人物たちだった。

「こんばんは、所長」

正面のソファに座っていたシークレットサービスのケラーマンとヘイルが、硬い表情で立ちあがった。

午後5時5分。マイケルがじりじりして待っていると、ようやく裏口のドアに外から鍵が差しこまれる気配があった。ドアノブをまわしてみると、ドアは開いた。

そっと廊下へすべり出たマイケルは、歯ブラシの柄で作った鍵を抜き取り、何食わぬ顔をして食堂へ向かう囚人たちの列に加わった。


マイケルが移送差し止めの仮処分の申請書を提出したとたん、シークレットサービスが早くも察知して自宅に現れたことに、ポープはそら恐ろしいものを感じていた。彼らは刑務所内にまで情報網を張りめぐらせているかのようだ。見えない恐怖に打ち負かされそうになりながらも、ポープは所長としてのプライドと責任感から抵抗を試みた。

「無理だ。私には申請書を裁判所に出す義務がある」

苛立った様子で部屋の中をうろうろと歩きまわっているケラーマンに代わり、ヘイルが鋭い口調でたずねた。

「結果はいつ出ます?」

「1ヶ月か、長引けば2ヶ月。裁判所しだいだ。私にはどうしようもない」

言下にしりぞけようとするポープに、ヘイルが困惑した表情で食い下がる。

「所長しだいでは?」

　すると、それまで黙っていたケラーマンが高飛車な態度で口を開いた。

「質問があります。というより単なる私の所見ですがね。トリードで死んだ青年、ウィルの写真を見て思ったんですが、皮肉にも父親に生き写しだ」

　ポープはにわかに動揺し、キッチンのほうへ視線を投げかけた。その様子を横目で見やりながら、ケラーマンは椅子に腰を下ろしてつづけた。

「実った林檎《りんご》は木から遠くに落ち、アスファルトで砕けた」

　ポープは憤りもあらわにケラーマンをにらみつけた。

「なんて男だ」

　その視線を平然と受け止め、ケラーマンは言い募った。

「奥さんは許した。ただの浮気だと思ってね。でもそれ以上のことを知ったら、我慢できるでしょうか？」

「とくに隠し子のこととなるとね」

　ヘイルも口を合わせ、ケラーマンがとどめのひと言をポープに投げつけた。

「ウィルは、なぜ死んだんです？」

　ポープは気色ばんで立ちあがった。

「帰ってくれ」

　それでもケラーマンは引き下がらなかった。

「申請書は破棄してください」

ポープがケラーマンとにらみ合っていたとき、ジュディが入ってきた。

「夕食はいかが？」

「いえ、もう失礼します」

ケラーマンはたちまち表情を和らげ、つとジュディに歩み寄ってその手を取った。

「奥さん、ありがとう。あんな美味しいアイスティーは初めて飲みましたよ」

それからポープへ向き直り、ジュディの体に軽く腕をまわして笑みを浮かべた。

「所長、いい奥さんを大切に」

身なりもよく礼儀正しいケラーマンに、ジュディはご満悦の様子だ。だが、ポープはとても笑みを浮かべる余裕などなく、かろうじて調子を合わせるのが精いっぱいだった。

「……もちろん」

ジュディは硬い表情の夫を怪訝《けげん》な顔で見つめていたが、ケラーマンたちが出ていくなり心配そうに眉を曇らせて歩み寄ってきた。

「何かあったの？」

ポープはなんとか言い繕った。

「いや、大丈夫だ。ちょっとやり残した仕事がある。すぐ行くよ」

「分かったわ」

ジュディはそれ以上、追求せず、キッチンへ戻っていった。ポープはしばしためらったあとに、マイケルの申請書をシュレッダーにかけた。

看守がベッドに手錠と足枷をつないでいるのを見るともなく眺めていたリンカーンは、ため息をついた。看守は独房の外へ向かって声を張りあげた。

「どうぞ、先生」

扉が開いて、白衣姿のサラが肩に医療バッグを下げて入ってきた。

「健康診断をするわ。嫌な気分でしょうけど、許してね」

リンカーンは足枷の鎖をたぐり寄せ、ベッドに深く座り直して壁に背をつけた。

「別にいいさ。仕事だろ？」

サラは彼の腕に血圧計のベルトを巻きつけながら言い募った。

「ええ、でも執行前の検査をするために医者になったわけじゃないわ。ごめんなさい」

「いいさ」

血圧を測り終えると、サラは問診表を取り出した。

「オーケー。じゃ、ご家族の病歴を教えて。遺伝しそうな病気や症状よ。お母様は？」

「肝臓ガンだ」

「それじゃお父様は？」

「さあ……子供のころに生き別れた」

「兄弟は？」

リンカーンは小さく頭を振った。

「マイケル以外にもいるの？」

唐突にサラが弟の名前を口にして、リンカーンは驚いた。

「刑務所は小さな町と同じよ。噂はすぐ広まるの」

その事実に、しばしリンカーンは考えこんだ。診療室の医師が知っているということは、当然、所長も知っているに違いない。それで急にマイケルの移送話が持ちあがったのだろうか。

万が一にも例の計画が漏れたのでなければいいが……。

「兄弟仲はよかった？」

サラの声が聞こえてきて、リンカーンは自分の思いを断ち切って答えた。

「ああ、よかった」

「今は？」

「えっ？」

「今はどう？」

リンカーンは深々とため息をついた。

「あいつは孤独だ。父親と別れ、母親を早くに亡くし、今度は兄貴の俺が死ぬ」

「だから彼はここへ来たの？ あなたを失うのが怖くて？」

サラに図星を差され、リンカーンはどきりとして彼女を見やった。

「あいつはとっくに俺を失ってる。だからここへ入るような羽目になったんだ」

リンカーンはうまく取り繕ったが、その言葉もまたある面では真実だった。

マイケルは食事を済ませて監房へ戻ってきた。腕時計を見ると、時刻は5時44分57秒。スクレはすでに食堂から帰っていて、マイケルのベッドに座って雑誌を読んでいた。

マイケルは腕時計を見つめ、45分になるのを待ってストップウォッチ機能のボタンを押した。

その直後、看守の声が響き渡った。

「閉めるぞ！」

扉が閉まると同時に、マイケルはスクレに言った。

「時間だ」

「時間？」

マイケルが本の間からボルトを取り出していると、スクレが不安げに通路を見やった。

「また行くのかよ。15分後には点呼だぞ。何しに行くんだ？」

マイケルは手早くシンクのネジを外しながら答えた。

「ああ、分かってるさ」

「分かってるだって？　どうするんだ？」

「だからお前は知らないほうがいい」

マイケルはいつになく真剣な面持ちできっぱりと告げ、作業の手を急いだ。

早々に夕食を済ませたポープは、書斎にこもって持ち帰った亡き息子のファイルを再び開いた。その中には、無垢《むく》な笑顔で写っている少年の写真があった。それはポープが初めて見る息子の少年のときの姿だった。写真の裏には、〝ウィル、10歳〟とある。

息子が生まれた当時、ポープは不倫相手の女にせがまれて認知し、自分と同じ姓を名乗らせた。だがその後、妻のもとに戻ったために相手の女が激怒し、ウィルには一度も会わせてもらえなかったのだ。ポープもまたあえて会おうとはしなかった。

こんなにあどけない表情をした少年だったのに……。ポープは息子の写真を食い入るように見つめた。この8年後、息子は麻薬中毒の犯罪者として不慮の死を遂げた。もし自分が一緒に暮らしていたら、いや、せめて連絡だけでも取っていたら道を誤らせることなどなかったかもしれない。そう思うと、ポープは罪の意識を感じずにはいられなかった。

しばらく後、ポープは刑務所内の礼拝堂で1人、祈りを捧げていた。

「こんな時間に珍しいな」

クリストファー・デンプシー司祭の声がして、ポープは顔をあげた。古くからの友人でもある司祭は、彼の苦悩に満ちた顔を見て表情を曇らせた。

「どうした？　求めているのは、神の許しか導きか？」

「分からないよ」

ポープは力なく笑ってため息をついた。

「だが、息子のウィルが死んだのは、私のせいだと思う。そばにいてやれれば、救えたかもしれないのに」

当時、司祭はポープからの懺悔《ざんげ》を受け、すべての事情を知っていた。

「彼の死は事故だろ?」

ポープは小さくうなずき、辛そうに言葉を絞り出した。

「息子は犯罪者で麻薬中毒だった。だが、まだほんの18歳だったんだ」

司祭は彼の前のベンチに腰かけ、慰めるように言った。

「ウィルの母親が奥さんと別れないなら、息子に近づくなと言ったんだろ。君はジュディを選んで、それを承諾した」

一点を見つめ、ポープは古傷の瘡蓋《かさぶた》をあえてはがしはじめた。

「そう、承諾しただけじゃなくて、内心、喜んでた。条件は仕方なく呑《の》んだふりをしてね。腹の底では彼女を恨み、一方で彼女から逃げられたことを神に感謝してた。トリードとそのすべてから逃れられたことをね」

ポープは痛みに耐えかねるように頭を振ってつづけた。

「そして、ジュディのもとへ戻り、秘密を闇に葬った。だが、そのせいで息子の人生をだめにした。私はひどい人間だ。自分が楽になりたいばかりに、我が子の人生を犠牲にするなんて……」

話すうちにむせび泣きはじめたポープは、いつもよりもずっと老けこんで見えた。そんな友人を、司祭は痛ましげに見つめた。

ベロニカとニックは、午後6時の閉館時間ぎりぎりに州立裁判所の証拠保管庫に駆けこんだ。だが、担当官の年配の女性は手強かった。ふくよかな全身を震わせるようにして建前を力説した。

「一晩中、議論してもいいのよ。どうせ私にはほかに予定がないから。でも結論は変わらないわ。証拠のマスターテープは、絶対に貸し出すことはできないの」

ニックはベロニカと顔を見合わせ、ブリーフケースからチャズが分析した拳銃の発砲音の音声記録のコピーを取り出して担当官に見せようとした。

「これを……」

「たとえ司法長官からの情報開示の許可があってもだめよ」

担当官は言下にしりぞけたが、ベロニカは間髪を入れずに食い下がった。

「人を連れてくるから、ここで見せて。監視をつけてもいいわ」

ついに担当官が折れた。

「ちょっと待って。事件ナンバーは?」

「2―90―6―SPEだけど」

ベロニカが答えると、担当官は深々とため息をついた。

「何か?」

ニックがたずねる。

「ついてきて」

ベロニカとニックは、担当官のあとにしたがって保管庫の一室に入った。

「昨夜、上の階のパイプが破裂して、水浸しになったの。100件のファイルがほとんどだめになったわ。お探しのテープも含めてね」

部屋の中をのぞきこんだとたん、ベロニカとニックは立ちすくんだ。多くのファイルやテープが、水浸しになって見るも無惨に散乱していたのだ。

「この部屋だけ？」

ベロニカの疑問に、担当官は肩をすくめて答えた。

「奇妙なことにね」


監房の壁の裏側へ抜け出てきたマイケルは、先ほどと同じ経路をたどり、ハッチを開けて管理棟の屋根に出ていた。傾斜のある屋根の天辺をめざして這《は》いあがりはじめたとき、マイケルは足をすべらせてずり落ちてしまった。空調ダクトにぶつかって止まったものの、大きな物音があがった。

たちまち監視塔からサーチライトが照らされる。マイケルはその場にうずくまってサーチライトの光をやり過ごしながら、腕時計に目を走らせた。午後6時ちょうど。点呼の時間だった。

マイケルの帰りを待ちわびるスクレは、じりじりしながら腕時計をにらんでいた。だが、ついにブザーが響き渡り、監房の扉が開いた。

「点呼！」

看守の声につづいて、ベリック看守長が1人ずつ名前を呼ぶ声が聞こえてきた。

「カラハン、ナイト、マリナウスキー、ポーレン……」

房から出ていく勇気などなく、スクレはごくりと生唾《つば》を飲みこんで自分たちの名前が呼ばれるそのときを待った。

「チャンス、グラチアーノ、スコフィールド、スクレ……」

たちまちベリックが近づいてきて、スクレは仕方なく房から1人で出ていった。マイケルの姿が見当たらないことに気づいたベリックは、顔色を変えた。

「スコフィールド、さっさと出てこい！」

警棒をさっと取り出してベッドを探ったかと思うと、スクレをまじまじと見つめ、つぎの瞬間、「脱獄者だ！」と叫んでホイッスルを吹いた。


マイケルが屋根の上にいると、屋外の照明灯が煌《こう》々と点灯した。サーチライトも下方に向けられて敷地内を隈なく照らし出し、運動場には捜索犬を連れた看守たちが飛び出してきた。

「封鎖しろ！」

一方、監房棟では警報ブザーが鳴り響き、囚人たちはただちに房の中に戻された。通路を看守たちが走りまわるなか、囚人たちが興奮してはやし立て、棟内は騒然となった。ただアブルッチだけは薄笑いを浮かべ、斜め向かい側の通路のマイケルの房を見つめていた。そこではベリックが、だんまりを決めこんでいるスクレを警棒で威嚇して責め立てている最中だった。

「もう一度だけ訊く。これが最後だ。スコフィールドはどこだ？　共犯と見なすぞ」

そのとき、無線機ごしにパターソン刑務官の声が聞こえてきた。

〃警報を止めてください。スコフィールドならここにいます〃

ベリックは肩につけてある無線機に呼びかけた。

「どこだ？」

〃所長室です〃

ベリックは意外そうな面持ちになって念を押した。

「確かか？」

所長室のパターソンは、ベリック看守長の不審げな声が聞こえてくると、秘書のベッキーと顔を見合わせて忍び笑いを漏らした。その直後、ベリックがまるですべてお見通しだとでも言うようにたたみかけてきた。

〃秘書を口説いてないで、さっさと確かめろ〃

パターソンは興醒《ざ》めした表情になり、ただちに隣室へ向かった。ドアを開けたとたん、パターソンは顔色を一変させて肩の無線機を口元に引き寄せた。

「看守長……消えてます」

そのころマイケルは、管理棟の屋根の上にしゃがんで彼方《かなた》へ目を凝らしていた。やがて遠くからパトカーのサイレンの音が聞こえてきた。ついでイングリッシュ通りに猛スピードで近づいてくるパトカーの警報灯が見えた。

マイケルが腕時計に目を落としていると、パーシー通りからもパトカーが現れた。だが、フィッツ通りだけは嘘《うそ》のように静まり返っている。

逃走経路はフィッツ通りだ！

暗闇にまぎれ、あの通りを駆け抜けていく自分と兄の姿が目に浮かぶ。正解を見つけたマイケルの顔には、してやったりとばかりの笑みが浮かんでいた。

メンテナンス用の通路も隈なく銃を構えた看守たちが走りまわるなか、礼拝堂で異変に気づいたポープ所長が所長室へ駆けつけてきた。ベリック看守長も同時にやってくる。

「突然、消えるわけがないだろう？」

「そりゃそうです」

ポープは所長室へ飛びこむなり、秘書のベッキーを問いただした。

「君は見てないのか？」

「ええ」

「裏口は？」

「鍵がかかってます」

パターソンが答える。

「わけが分からん……」

ポープが皆をしたがえて隣室のドアを開けたとたん、マイケルが模型の作業台の下から顔を出した。

「どうしたんです?」

びっくりして立ちすくんだポープを尻目に、ベリックがマイケルの胸ぐらを乱暴につかんで立ちあがらせた。

「時間外にここで何をしてる? 殺されたいのか?」

だが、マイケルはベリックのたくましい腕に首を締めつけられ、苦しそうなうめき声を漏らすばかりだ。

「お前を殺《や》るぐらい簡単なんだぞ! 言え! 何をしてた?!」

あえいでいるマイケルを、ベリックが執拗《しつよう》に責め立てる。ポープは見かねて口を挟んだ。

「もういい、よせ」

ベリックがいまいましげに舌打ちして腕を離すと、マイケルは驚きも覚めやらぬといった口調で答えた。

「模型のためです。乾くまでいていいと言われて……」

ポープは鋭い目でマイケルを見すえた。

「ずっとこの部屋にいたのか？」

「そうです」

「出るのは見てません」

ベッキーとパターソンも揃《そろ》って口を添える。

「さっきはテーブルで見えなかった」

だが、ベリックだけは怒りが治まらない様子で言い募った。

「許せない。こいつは点呼のとき、房にいなかったんですよ」

「君の言うとおりだ」

ポープはベリックの顔を立てて同意してから、これ幸いとマイケルに爆弾を落とした。

「だが、もうスコフィールドに煩《わずら》わされることはない。申請書に不備があって、結局、移送されることになった」

「そんなばかな！」

マイケルは顔色を変えて所長に詰め寄ろうとした。だが、ポープは厳然としてパターソンに命じた。

「房へ連れていけ」

「所長、3週間でいい！」

食い下がろうとするマイケルを、ベリックとパターソンが押さえつける。

「来るんだ！」

「放せ！」

必死の抵抗もむなしく、マイケルはベリックたちに連れ出されていく。

「お願いです！　時間がほしい。3週間でいいんです！」

いつにないマイケルの動揺もあらわな姿に後ろめたさを覚え、ポープは彼に背を向けて立ち尽くしていた。


「水浸しになったのは偶然か？　違うよな」

ニックはベロニカのアパートメントの前の歩道を歩きながら、自問自答するようにつぶやいた。肩を並べているベロニカも同じ思いにとらわれていた。

「なぜテープを取りに行くってことがバレたの？　3時間前に決めたことなのに」

2人は話しながら、ベロニカのアパートメントのポーチの階段をあがった。

「敵も必死なのさ」

「ずいぶん前向きね」

ベロニカがアパートメントの玄関の鍵を開け、ニックは彼女について廊下を進んだ。

「我々が核心に迫ってる証拠だ」

「まだテープのコピーがあるから……」

そう言いながら廊下の角を曲がったベロニカは、口をつぐんで立ちすくんだ。部屋のドアが半開きになっている。少し遅れて角を曲がったニックも顔を強ばらせて足を止めた。

「ニック……」

ベロニカが声を震わすと、ニックはブリーフケースを床に置いて言った。

「ここにいて」

ニックはドアを大きく開け、用心深く身構えながら部屋の中に足を踏み入れていった。ベロニカも恐る恐るあとにしたがう。居間に入ったニックは、辺りに目を配りながら彼女に告げた。

「だれもいない。何か盗まれてる？」

ベロニカも辺りを見まわしたが、慣れ親しんだ居心地のいい部屋が突然、見知らぬ他人ののように思えて薄気味悪かった。

「いいえ、出かけたときのままよ」

そのとき、ベロニカはダイニングのキャビネットの扉が開いていることに気づき、あわてて駆け寄った。ニックの驚いたような声が追いすがってくる。

「なんだ？　どうした？」

ベロニカが血相を変えてキャビネットの中をかきまわしていると、ニックが近づいてきた。

「どうした？」

「テープよ！　なくなってる」

「確かか？」

ベロニカはパニックになってニックを振り返った。

「変よ！　どうして分かったの？」

「落ち着け！」

「どうしてここに隠してあるって分かったの？」

「本当にそこに置いたのか？」

「ええ。あなたも一緒にいたでしょ？」

ベロニカは出かける前の2人のやり取りを、身振りをまじえて再現しはじめた。

「あのとき、私はあなたと話しながら、キャビネットのほうを向いて言ったわ……」

そこまで話して、ベロニカは突然、口をつぐんだ。部屋の中はまったく荒らされていない。テープの隠し場所は自分とニックしか知らないはずなのに、侵入者はなぜほかを探すことなく、キャビネットからテープを盗ることができたのだろうか。しかもテープは一見しただけでは分からないよう、テーブルクロスやナプキンの間に隠してあったのだ。隠すところを見ていた者でなければ、探し当てることはできないはず……。

「なんだ？　ベロニカ、大丈夫か？」

ニックが訝《いぶか》しげに問いかける。ベロニカは自分の頭に浮上した恐ろしい疑惑に脅え、彼を振り返ることさえできなかった。

5

結局、ほかの刑務所に移送されてしまうという予想外の事態に、マイケルはまんじりともせず朝を迎えていた。計画は完璧だった。だが、自分はあまりに刑務所の内情に疎かったのだ。スクレは言葉もなく2段ベッドの上の段に腰かけている。その下では、マイケルが壁に背をつけて座り、呆然《ぼうぜん》と虚空を見つめていた。

「開けろ！」

断固とした声とともに監房の扉が一斉に開き、ベリック看守長がじきじきに姿を見せた。

「朝飯だ。早く移動しろ！」

ベリックはほかの囚人たちに命じてから、マイケルたちの房を振り返った。

「スクレは行け」

それから意地の悪そうな笑みを浮かべてマイケルを見やる。

「お前は待ってろ。もうすぐ移送車が来る」

ベッドから降りてきたスクレは、ベリックの姿が房の前から見えなくなった隙にマイケルをのぞきこんだ。

「こんなのありか？　これでおしまいかよ」

そのとき、ベリックが房の前を通りかかった。

「早くしろ！」

スクレがさっと彼のほうへ向き直ると同時に、背後でマイケルの声がした。

「フィッツ……」

ベリックが通りすぎていき、スクレは再びマイケルをのぞきこんだ。

「なんだ？」

「答えはフィッツ通りだ。きれいに見通せた」

「警察は？　来るまでどれくらいかかった？　タイミングは計れたか？　やれたと思うか？」

スクレが思い入れたっぷりにマイケルに問いかけていると、ベリックが戻ってきた。

「早く来い！」

別れの言葉を交わすことも叶わず、スクレはベリックに引き出されていった。マイケルはベッドの桟に隠してあったボルトを手に取って立ちあがった。そしてもう無用となったボルトをセルメイトの枕の下に隠し、シャツのポケットから折り紙の鳥を取り出してその上に置いた。

精いっぱいの気持ちをこめて……。


しばらくして手錠と足枷をつけられたマイケルは、ベリックに伴われ、移送車へと向かった。その様子を、サラは医療室の窓から固唾《かたず》を呑んで見つめていた。

正面の内扉が開かれ、マイケルが通り抜けていくと、運動場の端のフェンスぎわに何人かの囚人たちが集ってきた。その中には猫のマリリンを抱いたウエストモアランドや、がっくりとうなだれているスクレの姿があった。

アブルッチはベリックをはばかることなく声をかけてきた。

「おい、新入り！　どこへ行く？」

だが、マイケルに答えられるわけもない。アブルッチはそばにいた手下の1人に耳を寄せ、ささやいた。

「俺の女房に電話して、子供を連れて国外に出るよう言え」

いよいよ運動場から遠ざかろうとしたマイケルの目に、兄の姿が飛びこんできた。所長の計らいだろうか。リンカーンは運動場の片隅で看守に付き添われ、草取りをしていた。

思わず足を止めたマイケルを、ベリックが邪険にうながす。マイケルは彼に体を押されながら、兄に向かってつぶやいた。

「すまない」

その様子を4階の所長室の窓から見つめていたポープは、やがて椅子に深々と身を沈めて考えこんだ。


さらに2つのスチール製の扉を通り抜けたマイケルは、正門の扉の手前でベリックの手から移送担当の看守に引き渡された。

「いい旅をな」

同時に高い塀にさえぎられた正門の扉がきしんで開き、表に停まっている移送のバスが見えた。移送担当の看守に腕を取られたマイケルが、移送車へ向かって足を踏み出したそのとき、背後からポープ所長の声が飛んできた。

「何をしてるんだ?」

看守は足を止めて振り返った。

「スコフィールドを移送します」

「いや、何かの間違いだ」

ポープは看守の手から移送手続きの書類が入った封筒をもぎ取ってつづけた。

「彼は昨日、申請書を出してる。健康上の問題があって移送はできない」

そして、マイケルに念を押した。

「副鼻腔炎だな?」

思わぬどんでん返しに驚きつつも、マイケルは必死に平静をよそおって答えた。

「そうです」

ポープはうなずいて看守に命じた。

「受刑者を房に戻せ」

それからマイケルに向き直って、ひたと目を合わせる。

「だが、点呼にいなかった罰で、自由時間はなしだ」

マイケルに文句があろうはずもない。黙ってポープを見つめていると、彼の目が鋭く動いた。

その視線を追ったマイケルは、移送車の向こうに1台のセダンが停まっていることに気づいた。

車の中にはサングラスをかけた2人のスーツ姿の男が乗っている。マイケルはそっとポープの顔をうかがった。彼はこれまでに見たこともないような険しい表情で車の2人連れをにらみつけていた。

寸でのところで勇気を振り絞ってマイケルの移送を思いとどまったポープは、妻にすべて打ち明ける覚悟を決め、早々に自宅に戻った。車を車寄せに停めて降り立ち、ポーチの階段をあがっていくと、横合いからジュディの声が聞こえた。

「あら、早いのね。何かあったの?」

ジュディはテラスのベンチで本を読んでいた。面食らったポープはとっさに笑みを浮かべた。

「いいや、なんでもない」

だが、今、打ち明けなければ、また機会を逸してしまう。ポープは思い直し、ジュディに歩み寄っていった。

「実はその……」

隣に腰を下ろし、ポープはひたと妻の目を見つめて言った。

「ジュディ、大切な話がある」

〝移送は失敗しました〟

ケラーマンから再び電話連絡が入ったときも、湖畔の別荘の女主人はキッチンにいた。彼女は幼い子供たちが描いた絵が何枚も貼《は》られた冷蔵庫の扉を開けながらため息をついた。

「……なんてことなの」

〝もう一度移送の手続きを……〟

女主人は特注の大型冷蔵庫の中をのぞきこみながら、苛立った声でケラーマンをさえぎった。

「いいえ、時間の無駄よ。もうまわりの藪《やぶ》を突くのはやめて、直接、獲物を狙うのよ」

〝バローズを？　どうするんですか？〟

「残された時間を奪い取るの。電気椅子を使わなくても、命は奪えるわ」

そう言い放つと、女主人はマスタードのチューブをつかみ取り、バタンと音を立てて冷蔵庫の扉を閉めた。


そのころリンカーンは、礼拝堂の最前列の席に呆然と腰かけていた。一縷《いちる》の望みを託したマイケルはもうここにはいない。残された頼みの綱はベロニカだったが、死刑執行まで3週間を切った今となっては、合法的に死をまぬがれられる可能性は皆無に等しかった。

口ではいろいろとマイケルを諌《いさ》めたり文句を言ったりしていても、弟のずば抜けた頭脳と根性に期待していたというのが正直なところだったのだ。

結局のところ、いくら祈りを捧げても、神はほほ笑んでくれなかった。リンカーンがそう思ったとき、だれかが後ろに立って彼の肩にそっと手を置いた。リンカーンは一瞬の驚きのあと、深い安堵《あんど》とともにその慣れ親しんだ手の感触と温もりに身を委《ゆだ》ねた。弟を信じて……。

第6章　悪魔の孔《あな》　パート1

RIOTS, DRILLS AND THE DEVIL PART1

1

ミシガン湖畔から突き出ている桟橋にある娯楽施設ネイビーピアの遊園地は、小さな子供連れの家族で賑わっていた。

10歳を頭とする3人の息子を連れて遊園地を訪れていたハンフリー・ダイアモンドは、追加のチケットを買い求めると、長男のアダムに手渡して言った。

「あと少しにしろ。もうすぐ帰るからな」

息子たちは歓声をあげて乗り物のほうへ駆け出していく。その姿を笑顔で見送ったダイアモンドが体の向きを変えたとたん、サングラスをかけたスーツ姿の男が2人、目の前に立ちはだかった。

「アダムは大きくなったな。10歳か?」

シークレットサービスのケラーマンがアイスクリームを食べながら話しかけてきて、ダイアモンドは顔を強ばらせた。

「ここではよせ」

ケラーマンは構わずに言った。

「仕事を頼みたい」

「もう何年も前に足を洗った」

「分かってる。だが、だれも信じないだろう。私のポケットにあるヘロインを、君の車から押収したことにするぞ。公衆の面前で、手錠をかけられて連行されたいのか?」

彼らに目をつけられては、逃れられる者などだれもいない。ダイアモンドはため息をついてたずねた。

「仕事は?」


しばらくしてダイアモンドは公衆電話を使い、フォックスリバー州立刑務所に服役している昔の仲間に電話をかけていた。

〝引退したんだろ?〟

仲間の男に訊かれ、ダイアモンドは苦々しい表情になった。

「大物からの依頼だ。だから失敗は決して許されない」

電話の向こうの男はダイアモンドの苦境を感じ取ったらしく、即座に応じた。

〝あんたの頼みなら、バローズを殺してやる〟

その日、ベロニカはオフィスへは出ずに、一日中、自宅にこもって仕事をしていた。オフィスへ行けば、ニックから連絡があるか、押しかけてくるに決まっている。昨日、何者かに侵入されて監視カメラのコピーテープを盗まれてしまったベロニカは、唯一の協力者であるニックさえも信じられなくなっていた。自宅の留守番電話にもすでにニックから8回もメッセージが入っていたが、ベロニカは一度も出ようとはしなかった。

夕方になって再び電話が鳴った。だが、ベロニカは顔をあげることもなく仕事をつづけた。

〝折り返しますので、メッセージをどうぞ〟

自分の録音の声のあとに秘書の声が聞こえてきた。

〝ウェンディです。お仕事中でしょうから、出なくて結構です。一つだけお伝えしたくて。ニック・サリバンから6回ほども電話がありました〟

それを聞くなり、ベロニカは電話機をつかんでウェンディに問いかけた。

「私のことは彼になんて言ったの？」

一瞬、驚いたような気配のあとに、ウェンディは答えた。

〝言われたとおり、会議中だと〟

「明日、オフィスに訪ねてきても、私はいないと言ってね」

〝分かりました。おやすみなさい〟

「ありがとう」

電話を切ったベロニカは、唇を噛《か》んで考えこんだ。点《つ》けっぱなしのテレビ画面からはニュース番組が流れ、大統領の演説の声が聞こえていた。

〝我が国に必要なものは、地球環境に優しく、簡単に使えて、かつ経済的な代替燃料で……〟

昨日、間一髪で移送をまぬがれたマイケルは、夜になって監房の扉が閉じられると、脱獄準備を再開した。ロープにかけた洗濯物を目隠しにし、ドライバー代わりに使っていたボルトの先をベッドのスチール製の支柱にこすりつけて削っていく。スクレは上の段のベッドに寝そべり、通路に目を凝らしていた。

ボルトの先を尖らせたマイケルは、再びシンクのネジを外し、壁の裏側の通路へと抜け出ていった。通路を数歩進むと、各房から延びている下水管や空調のパイプの間をすり抜け、もう一つ向こう側の分厚いコンクリートの壁が立ちはだかる空間へ出た。

そこは黄色の柵に囲まれた巨大なタンクがある場所で、改修工事をしたときの機材が今も幾つか残されていた。まずマイケルは壁の前に立ち、全体を観察した。つぎに壁の一番端へ行き、そこから慎重に歩数を測って壁の中央に戻った。その位置から縦にまっすぐ歩数を測って進んでから足を止め、コンクリートの床にボルトで印をつける。

さらにタンクの前に立ったマイケルは、Tシャツの袖《そで》をめくり、左上腕に刻まれたタトゥーの線に合わせて支柱に印をつけた。それから辺りを見まわして機材の中から三脚を取り出し、先ほど印をつけた床の上に置いて分厚い壁を見やる。これで壁を破る最終準備は整った。あとは時間の問題だった。

一方、監房で看守の動向を見張っていたスクレは、「就寝点検！」の声が聞こえてくると、あわててベッドから飛び下り、ステンレスミラーでシンクを叩いて壁の向こうにいるマイケルに合図した。

それから急いでマイケルのベッドへ行き、シーツと毛布の間に枕を2つ入れて人形《ひとがた》を作った。だが、囚人は顔を見せて寝なければならないことになっている。もし仕事熱心な看守が点検に来て、懐中電灯で照らされたら一巻の終わりだった。スクレは何食わぬ顔で自分のベッドに横たわったものの、気が気ではなかった。


ベロニカが軽食を買いに部屋から出たとたん、廊下の角からニックが現れた。彼女は息を呑《の》んで立ちすくんだ。

「何度も電話してるのに、なぜ出ないんだ？」

ニックに詰め寄られ、ベロニカは淡い緑色の目を恐怖に大きく見開き、かすれた声を振り絞った。

「これまで協力してもらったことは感謝してるわ。でも、もうあなたの助けはいらない」

「助けはいらない、か。テープを盗んだのは僕だと、本気で思ってるのか？」

「思ってないけど、今は忙しくて話せないの。コーヒーを買いに出ただけだから」

ベロニカは必死に言い繕い、彼の前をすり抜けてアパートメントの外へと逃れた。だが、ニックは追いすがってきた。

「ベロニカ、ちょっと待ってくれ！　どうして僕を避けるんだ？」

　ニックに腕をつかまれ、ベロニカはぎくりとして振り払った。

「触らないで！」

　そのときアパートメントの前庭で外灯の電球を取り換えていた管理人のルーカスが、不審げに声をかけてきた。

「大丈夫ですか？　ドノバンさん」

　ルーカスはボディガードには最適の体格のいい男だ。ベロニカはほっとして彼に助けを求めた。

「部屋まで付き添って」

　脚立から下りてきたルーカスは、ベロニカの期待どおり、すご味をきかせてニックに言った。

「君は帰れ」

「誤解だよ」

　ニックは穏やかな口調で言い返し、ベロニカに向き直った。

「考えすぎだ」

「もう行って」

　ベロニカは顔をそむけ、ルーカスとともに部屋の中へ戻っていった。

「肌を見せろ、スコフィールド」

就寝点検に来た看守は、案の定、マイケルのベッドを懐中電灯で照らし出した。スクレが固《かた》唾《ず》を呑んで寝たふりをしていると、看守は鉄格子を警棒で叩いてさらに声を張りあげた。

「おい、スコフィールド！」

それでもマイケルからはなんの反応もない。看守はにわかに緊張した面持ちになり、鍵を取り出して扉を開けようとしたそのとき、毛布の間からマイケルが眠たげな顔をもたげた。

「寝させてくれ」

看守はマイケルの顔を懐中電灯で照らして確認すると、立ち去っていった。しばらくして、マイケルはベッドに横たわったままスクレにささやいた。

「壁を破れない」

「今さら何言ってるんだ？」

「破る方法はある。だが、時間が足りない」

「囚人なんだぜ。暇だけはあるよ」

「のんびり進めてたら、間に合わないんだ。点呼のたびにここに戻ってたんじゃはかどらない。もし明日中にあの壁を破れなかったら、脱獄は無理だ」

すると、スクレが上から顔をのぞかせて言った。

「逃れられないのは、死と税金と点呼だ。点呼を逃れる方法は……」

だが、途中で口をつぐむ。

「なんだ?」

マイケルはうながしたが、スクレは顔を引っこめてしまった。

「いや、忘れたほうがいい」

そこでマイケルは切り札を出した。

「じゃマリクルースのことも忘れるか?」

スクレはため息をついて再び顔をのぞかせた。

「房内監禁だ。全員、房内監禁になれば、その日は自由に動ける」

「点呼なしでか?」

「完全に中止される。問題は一つ」

「どうやるかだな」

マイケルは起きあがって考えをめぐらせた。ほどなくして汗を拭《ぬぐ》ったスクレは、いつになく真剣な表情で訊いてきた。

「空調を壊せるか?」

「たぶんな」

スクレも起きあがって説明する。

「皆が暴れれば、監禁になる。空調が壊れてクソ暑くなれば、すぐに暴れ出す」

それを聞いたマイケルの目が、薄暗がりの中できらりと光った。

2

4月も下旬に差しかかったころから気温が上昇し、夏のような暑さがつづいていた。それとともに運動場に出てきた囚人たちの動きも活発になった。バスケットをする者やトレーニング器具を使う者が増え、手製のナイフのやり取りも頻繁に行なわれている。

マイケルがフェンスぎわを歩きながら空調を壊す方法を考えていると、サラの声が聞こえてきた。

「4月なのに暑いわ」

マイケルはフェンスの向こうに立っているサラに近づいていった。

「温暖化さ」

「かもね」

サラはちょうど出勤してきたところらしく、グレーのパンツに半袖《はんそで》の濃紺のカットソーという私服姿だ。若い女性にしては地味な格好だったが、それでも囚われの身のマイケルの目には十分、魅力的に映った。

「時間ある?」

まるでキャンパスにでもいるようなサラの言い方に、マイケルはおかしくなって茶化してみせた。

「5年はあるけど」

サラはバツが悪そうな表情になって苦笑した。

「ごめん、そうだったわね」

それから真顔になり、切り出した。

「リンカーンがお兄さんだっていうこと、隠してたわね?」

「訊かれなかったから」

「そうだけど、私の父が知事だから敬遠されてるのかと思って」

マイケルが黙っていると、サラは気まずそうにして弁解するかのようにつづけた。

「減刑する権限があるのに、父はしないわ。する気もないし」

マイケルは温かなまなざしで彼女をまっすぐに見つめた。

「俺の親父は、家族を捨てた。父親が何をしようと、娘には関係ないよ」

俯《うつむ》いてほっとしたような笑みを浮かべたかと思うと、サラはいっそう生真面目《まじめ》な表情でマイケルを見つめ返した。

「あなたに知っておいてほしくて。私は父の考え方に反対なの。お兄さんのことは気の毒に思うわ」

「ありがとう」

サラはほんの一瞬、まだ何か言い足りないような顔をしたが、俯いてきびすを返した。だが、数歩行ってから振り返った。

「何もできないけど、毎週やってるリンカーンの健診を、あなたの注射の直前にしましょうか？　それならすれ違うだけだけど、会えるわ」

ここに来て初めて人の温かい気持ちに触れ、マイケルは胸が詰まったが、平静をよそおって応えた。

「ありがとう」

「じゃあ」

サラはぎこちなくつぶやいて立ち去っていく。その後ろ姿をしばし見つめていたマイケルは体の向きを変え、ベンチに座っている端正な顔立ちをした黒人ウィルのもとへ近づいていった。彼はホールセール同様、調達屋の1人だった。

隣に腰かけたマイケルに、ウィルは魅力的なバリトンでささやいた。

「厨房から直送だぞ。100ドルだ」

ウィルはブーツの中に差しこんだ泡立て器を取り出し、マイケルが指に挟んだ100ドル札と交換した。マイケルは泡立て器を同じようにブーツの中へ入れ、その場からすばやく立ち去った。

「セオドア・バッグウェル。医療棟から一般房へ戻す」

ギアリーという古参の看守が、まだ赤い腫《は》れが残る痛々しい顔のセオドア・バッグウェルこと通称ティーバッグをA棟の一般房の入り口に立たせ、無線機ごしに警備室へ告げた。ティーバッグはアブルッチとその手下にこっぴどくやられてしばらく医療棟にいたが、ようやく一般房へ戻れることになったのだ。

〝よし、開けるぞ〟

警備室の看守が応答し、一般房へ通じる鉄格子の扉を開くと、ナチグループのメンバーたち数人が、まるで凱旋《がいせん》将軍よろしく拍手でティーバッグを迎えた。ティーバッグも彼らとひとしきり拳《こぶし》を突き合わせたり、体をぶつけ合ってうれしそうに挨拶《あいさつ》を交わした。

「元気になる贈り物を用意したぜ」

トロキーと呼ばれている白人の男が、ティーバッグの肩を抱いてもとの監房へと誘った。ティーバッグの房には、新入りのか細い少年のような若い男が、脅えた表情でデスクの前の椅子《いす》に座っていた。彼をひと目見るなり、ティーバッグは相好を崩した。

「いいサイズだ」

仲間たちがどっと下卑た笑い声をあげる。

「ありがとよ。またあとでな」

彼らに両手を広げて喜びを表現してみせたティーバッグは、期待に胸をふくらませて房の中に入り、両腕で体を抱えるようにして俯いている若い男の顔をのぞきこんだ。

「名前は?」

「セス」

「セスか」

若い男が小さくうなずく。

「怖がらなくていい」

ティーバッグが猫なで声を出すと、セスはようやく内気そうな顔をあげた。

「俺の噂《うわさ》は聞いてるだろ？　そんなのは嘘《うそ》だ。信じるな」

ティーバッグは笑みを浮かべてズボンのポケットの裏生地を引っ張り出した。

「散歩でもしねえか？」


そのころ監房の壁の裏側に入ったマイケルは、空調機器のレバーの一つに絶縁用のテープを巻きつけて外していた。それから上へのぼっていき、天井付近にあるブレーカーのカバーを開け、レバーを押し当ててショートさせた。すると、たちまち所内すべてのファンが停止した。


再びリンカーンへの接見に刑務所を訪れたベロニカに、受付の看守が告げた。

「パートナーはもう来てます」

「パートナー？」

接見室を鉄格子の扉ごしにのぞいたベロニカは、テーブルを挟んでリンカーンと向き合っているニックの姿を見て顔色を変えた。

「ちょっとここで何してるの？」

「依頼人と話をしてる」

ニックが平然と答えると、ベロニカはあわてて接見室へ飛びこんでリンカーンに叫んだ。

「だめよ！　信用しないで」

だが、リンカーンはいつになく目を輝かせている。

「手がかりをつかんでくれたんだ」

ベロニカは一瞬、ためらったあとにニックに鋭い視線を向けた。

「1分で話して」

ニックはうなずいて話しはじめた。

「殺人のあった夜の事件報告書によると、警察に匿名の電話が入ってる。リンカーンが駐車場から逃げるのを見たとね。ズボンを血で染めて」

ベロニカは立ったまま、冷ややかに口を挟んだ。

「前に言ったはずよ。かけた人物が分からないかぎり尋問はできないわ」

ところがニックは、自信たっぷりの様子だ。

「だれかは分からなくても、発信地が分かった」

「発信地？」

「知人の探偵に突き止めてもらったんだが、通報者はあの晩、リンカーンを見ていない」

「なぜ分かるの？」

「電話はワシントンD.C.からだった」

ニックの言葉に、ベロニカは衝撃を受けてリンカーンを見やった。

空調が完全に止まり、所内の室温は急上昇していた。監房棟には大勢の囚人たちの体臭やトイレの臭《にお》いが充満し、たちまち吐き気をもよおすような悪臭が漂いはじめた。囚人は皆、汗だくで、少しでもマシな空気を求めて鉄格子の扉に寄りかかって息をあえがせている。

うだるような暑さのなか、マイケルは左腕の内側に彫られた悪魔の顔のタトゥーにトレーシングペーパーを貼《は》りつけ、ペンでなぞって写し取っていた。

「間違えて暖房つけたんじゃないか？」

鉄格子の扉の前にへたりこんでいるスクレは嫌味を言った。だが、マイケルは背を向けたまま作業に没頭していて答えようとはしない。スクレが辺りの囚人たちの様子をうかがうと、皆、暑さに苛立《いらだ》っている。彼らが騒ぎ出すのは、時間の問題だろう。そのときスクレは、ティーバッグの房で手に何かを捧げ持って立っている新入りのセスの姿に気づき、顔をしかめた。

ティーバッグはベッドに横たわり、濡《ぬ》らしたタオルでアイマスクをして、かたわらに立たせたセスの手からクルミをつかみ取っては食べていた。両手がふさがっているセスは、滴り落ちる汗を拭うこともできずじっと耐えていたが、つい愚痴をこぼした。

「ものすごく暑い」

そのとたんティーバッグはアイマスクをずらし、セスをにらみつけた。

「勝手に口を開くな。開けていいのは、俺が望むときだけだ」

ついでむっくりと起きあがったかと思うと、セスを押しのけて扉の前に行き、先ほどの看守を呼んだ。

「ギアリー！」

看守たちも暑いのは同じで、汗だくのギアリーが水の入ったコップ片手にやってくると、ティーバッグは命令口調で言った。

「この暑さをなんとかしろ」

「ベストを尽くしてる」

「ふざけるな！　まるで蒸し風呂みたいだぜ」

ティーバッグはすごんだが、ギアリーは相手にしなかった。

「何を言っても無駄《むだ》だ」

ちょうどそのとき点呼を知らせるブザーが鳴り響き、ギアリーは囚人たちに向かって声を張りあげた。

「整列しろ！」

監房の扉が一斉に開き、囚人たちが出てきて1列に並んだ。ギアリーが警備室のほうへ戻りはじめたそのとき、ティーバッグが通路の中央へ出てきて、芝居がかった口調でわめいた。

「俺たちを涼しいとこに移せよ。アフリカとかな」

その言葉に呼応するかのように、囚人たちが口々に騒ぎ出した。ギアリーはティーバッグを振り返って一喝した。

「黙って並んでろ！　ラインから足を出すな」

だが、ティーバッグは不敵な笑みを浮かべ、戻ろうとしない。それどころか、彼の仲間の囚人たちも前へ出てきた。ティーバッグは勢いづき、ギアリーを挑発するかのように言い募った。

「涼しくなったら、ちゃんと並んでやるさ」

不穏な雰囲気にギアリーが立ちすくんでいると、そのときになってようやく警備室にいたマックという若い看守が、書類から顔をあげて異変に気づいた。急いで無線機ごしにベリック看守長に報告する。

「A棟の囚人たちが騒いでます」


マックから無線連絡を受けたとき、ベリックはB棟の医療棟にいた。

「すぐおとなしくさせるんだ。給料がほしければな」

そう命じながら囚人の病室から出ていったとき、サラが医療棟に入ってきた。

「今はだめです」

ベリックは彼女を帰そうとしたが、サラは耳を貸そうとはしなかった。

「受刑者が熱中症だと連絡があったの」

「仮病ですよ」

サラは白衣に袖を通しながら皮肉を口にした。

「あなた、医者なの？」

ベリックにとって、知事の娘であるサラはやっかいな存在だった。ほかの者たちには権力を振りかざす彼も、サラにはごり押しできなかった。さりとて万が一にも彼女の身に何かあったら、自分の責任問題だ。ベリックは閉口しながらも制帽を脱いで礼を尽くし、説得にかかった。

「A棟でのぼせた連中が騒ぎ立ててるんです」

「無理ないでしょ。この暑さだもの」

「念のため、管理棟に戻ってください。騒ぎが収まったら、患者を連れていきますから。今は危険です」

ベリックはいかつい顔に慣れない作り笑いさえ浮かべて見せた。だが、サラは説得に応じないばかりか、奥の手を持ち出してきた。

「ご心配ありがとう。でも、治療を妨害すると、職を失いかねないわよ。これはあなたのために言ってるの」

そこまで強情を張られては、ベリックは引き下がるしかなかった。

「どうぞ」

ベリックは硬い表情になって制帽を被り直し、A棟へ急いだ。

A棟ではギアリーとマックが、ティーバッグをはじめとする囚人たちと対峙《たいじ》していた。

「文句を言うほど、暑くないだろうが？」

ギアリーはなんとかなだめようとしていたが、同調する囚人たちが増えるにつれ、ティーバッグはますます調子づいていた。

「暑くないだと？」

ティーバッグはギアリーに噛みつき、ライン上に並んでいる大人しい黒人を指差した。

「こいつはあまりの暑さで白くなっちまったぞ」

囚人たちがどっとはやし立てる。ギアリーはティーバッグにコップの水を浴びせた。

「頭を冷やせ！」

マックが急いで2人の間に割って入り、ティーバッグに命じた。

「下がれ」

だが、ティーバッグは水をかけられたことで、さらに熱くなっていた。

「下がるとも。ここが涼しくなったらな」

ほかの囚人たちも彼の言葉に呼応して一斉に雄叫《おたけ》びをあげはじめる。ギアリーは負けじと声を張りあげた。

「もういい、そこまでだ！　房内監禁！　全員、房に入れ。今すぐ房に入るんだ！」

扉が閉められるブザーが鳴り響き、マックも必死になって囚人たちを房へと追い立てる。

「早くしろ！　房内監禁だ」

マイケルとともに房の中へ戻ったスクレは、ニヤリとした。

「うまくいったな」

すると、マイケルがベッドのシーツをはぎ取りながら言った。

「一緒に来い」

スクレは驚いてマイケルの顔を見やった。

「待てよ。俺は見張り役のはずだろ?」

「人手がいるんだ。鉄格子にシーツをかけろ」

「シーツなんかかけたら、俺とお前がヤってると思われるぞ」

あわてふためくスクレに、マイケルは究極の選択を突きつけた。

「ムショでの評判と脱獄、どっちを選ぶ?」

マイケルはシーツをスクレに押しつけ、シンクのネジを外しにかかった。しばしためらっていたスクレは、ため息をついて鉄格子にシーツをかけはじめた。


一方、房の扉が閉まったというのに、囚人たちの中には通路にとどまり、騒ぎ立てている者たちも大勢いた。ギアリーとマックは恐怖を感じてあとずさり、警備室の中へ避難した。だが、ティーバッグたちはさらに勢いを増し、警備室の窓に張りめぐらされたフェンスにぶら下りはじめた。

そのときベリックがようやく警備室に駆けつけてきた。

「いったいなんの騒ぎだ?」

「こいつらが好戦的になって房に戻らなかったんです」

ギアリーの説明を聞くなり、ベリックは表情を強ばらせた。

「囚人がまだ外にいるのに房を閉めたのか？」

「全員、暴れるよりはマシかと思って」

警備室の窓のフェンスに取りついた囚人たちを半ば呆れて見つめているベリックを、ティーバッグが挑発してきた。

「よーく聞けよ、ベリック。教えてやる。警官になれなかった白人のクズが就く職業、それが看守だ」

囚人たちから一斉に笑い声が起こる。ベリックはニヤリとしたかと思うと警棒でフェンスを叩いて怒鳴りつけた。

「フェンスから手を離せ！」

「うるせえ！」

トロキーが怒鳴り返し、囚人たちはますます騒然としはじめた。フェンスは破れないとタカをくっているベリックは、悠然と構えて薄笑いを浮かべた。

「お前が人をクズ呼ばわりできるのか？　クズの親から生まれた哀れなガキに。知ってるぞ。記録を読んだからな。お前の親父は障害を持つ実の妹を犯し、その9ヶ月後にお前が生まれたんだろ？」

ティーバッグの顔からみるみる血の気が引いていく。つぎの瞬間、彼の顔はさっと朱に染まり、今にもベリックに襲いかからんばかりの勢いでフェンスに突進してきた。

「殺してやる！　ちくしょう！　腸を引きずり出してやる！」

ベリックはさも愉快そうに笑って、恐怖に凍りついているギアリーに言った。

「この暑さだ。ほっときゃ、じきバテて大人しくなるさ」

ニックがもたらした新情報に、リンカーンはすっかり浮き足立っていた。

「通報は嘘《うそ》だと訴えて、それで執行猶予かあるいは……」

「いや、今は、まだ無理だ」

ニックがさえぎると、リンカーンは感情を爆発させて椅子を蹴飛《けと》ばした。

「なんで無理なんだよ？　なぜだ？」

ベロニカが彼をなだめようと声を張りあげる。

「検察は裁判で認められた証拠品を出してくるわ。ズボンの血やテープ、それに銃をね。謎の通報だけじゃ、とても太刀打ちできない」

リンカーンはたちまちうなだれ、すがるようにしてニックに念を押した。

「望みはあるんだろ？」

「もちろんだ。今、発信地をさらに絞りこんでるところだ。通報者を捜し出す」

「それで？」

「一刻も早くD．C．へ飛ぶ」

ニックはリンカーンに力強く答えてから、ベロニカを見やった。

「君が信頼してくれればだが？」

「来たぞ！　もう少しだ。電車が来た。早く飛び乗れ！」

ティーバッグは警備室の窓のフェンスを揺らして壊そうとしていた。

「電車に乗れ！　早く飛び乗るんだ！」

彼に同調してフェンスに取りつく囚人たちが増えていくにつれ、あれほど頑丈だと思われたネジがしだいに緩みはじめた。それを目《ま》の当たりにしたベリックは、ギアリーたちに命じた。

「オフィスへ行くぞ」

ベリックを先頭に看守たちが警備室から立ち去ると、ティーバッグはますます調子づき、囚人たちをあおり立てた。

「ほーら、思ったとおりだ。脅えた子ブタどもが逃げていく。この腰抜け野郎！　電車に飛び乗れ！」

ほどなくしてフェンスのネジが1本外れ落ちた。囚人たちが警備室を占拠するのは時間の問題だった。フェンスはまたたく間に外れ、囚人たちは先を争って警備室になだれこんだ。

オフィスへ避難したベリックたちはすばやく拳銃を装備しながら、囚人たちが警備室をやりたい放題に荒らす様子を監視カメラのモニターで見ることとなった。

一方、ティーバッグはいち早く監房の扉を開けるボタンを押した。扉が開くと同時に、ほとんどの囚人たちが歓声をあげながら出てきた。

ウエストモアランドの房からは、彼の愛猫が飛び出した。

「マリリン！　行くな！」

ウエストモアランドはあわてて呼び止めたが、猫はほかの囚人たちと一緒に通路を一目散に駆けていき、すぐに姿が見えなくなってしまった。

ティーバッグが警備室の床に落ちていた鍵束を拾いあげ、得意げに監視カメラに向かって掲げると、モニターに目を凝らしていたベリックは愕然《がくぜん》として部下たちを問いただした。

「あの鍵はだれのだ？」

マックが恐る恐る答える。

「たぶん私のだ。いつ落としたのか……」

所内すべての出入口の鍵がついているホルダーを囚人たちに奪われては、この騒ぎが全棟へ波及し、看守の命も危険にさらされることになる。ベリックはすぐさま拳銃の安全装置を外し、オフィスから飛び出そうとした。だが、ギアリーに押しとどめられた。

「発砲する前に、奴らの餌食《えじき》になりますよ」

ベリックはとっさにモニターに目を走らせた。すでにティーバッグたちは警備室のドアの鍵を開け、外へ飛び出している。ベリックは肩の無線機を口元に引き寄せた。

「ベリックだ。A棟が破られた。ただちに避難開始。A棟からB棟へつづくすべての通路を遮断し、ただちに避難しろ」

医療棟も空調が止まってうだるように暑く、悪臭が立ちこめていたが、サラは精力的に患者たちを診てまわっていた。

ぐったりしている肥満した男には点滴を施し、優しく言葉をかける。

「この点滴で驚くほど元気になるわ。私を信じる?」

「よかった」

患者が安堵《あんど》の笑みを浮かべると、サラはつぎのベッドへ移動し、脚に手術の傷痕がある小柄な男ポップ・ポップの顔をのぞきこんだ。

「今日の体調はどう? 痛む?」

「それより股間《こかん》がうずく」

ポップ・ポップのからかいを無視して、サラは言った。

「まだ術後3週間ね。ひざをロッドとネジで留めてるから、痛むのは当然よ」

「さてと……ストローカー、また体調を崩した?」

サラが黒人の巨漢の男が横たわるベッドへ移ったとき、医療棟の監視についている看守リゾの無線機から緊迫した声が漏れ聞こえてきた。

〝一般房ブロックで受刑者が暴れて警備室に侵入。A棟を封鎖する〟

とたんに、それまで具合が悪そうに見えたストローカーが歓声をあげた。

「A棟で暴動だ!」

ほかの囚人たちも騒ぎ出し、サラは不穏な気配を感じてリゾと顔を見合わせた。

壁の裏側に入ったマイケルとスクレの耳にも、騒ぎまわる囚人たちの声は届いていた。気にはなったが、マイケルは作業を優先した。

スクレをメンテナンス用の通路からタンクがある場所に案内したマイケルは、分厚い壁の前へ誘って説明した。

「この裏側のどこかに、昔の下水道システムの排水路が通っている。排水路を通り、診療室へ向かう。診療室まで行けば、表に出られる」

それを聞くと、スクレの顔に大きな笑みが広がった。

突然、ブザーが鳴って接見室の扉が開き、新任のボブという看守が緊張した面持ちで入ってきた。

「面会人は帰ってください」

「でもまだ……」

抗議しようとしたニックを、ボブは身ぶりでさえぎってリンカーンを立たせた。

「ちょっとした問題が起きて、安全上の理由からA棟が封鎖されてます」

「A棟？　マイケルがいる棟だ」

リンカーンが顔を強ばらせる。同時にベロニカも眉を曇らせた。

「大丈夫なの？」

「早く出てください」

ボブにうながされてあわてて書類をかき集めて出ていこうとするベロニカに、リンカーンは急いで言った。

「D・C・へ行ってくれ。マイケルは俺に任せろ」

「ええ」

「頼む」

あわただしく廊下に出てくるなり、ボブはリンカーンに詫《わ》びた。

「途中で悪かったな」

「囚人に謝るのはやめろ。舐《な》められるぞ。A棟で何があった？」

「ちょっとした騒ぎさ」

詳しく話そうとしないボブに、リンカーンは食い下がった。

「弟がA棟にいるんだ。何があったか教えてくれ」

ボブは少しためらってから、ため息をついて打ち明けた。

「何人かが房から出て暴れてる。でも、どこにも行けないよ。通路は封鎖したから大丈夫だ」

「ばかな連中め」

リンカーンは小さく毒づき、独房へと向かった。狭い通路を通って階段を駆けあがり、鍵のかかったフェンスの扉を通り抜けたとき、ボブの無線機に通信があった。

〃A棟でもう一つ別のブロックも破られた〃

ボブが扉に鍵をかけている間、リンカーンはかたわらに立って待っていた。すると、廊下の向こうから雄叫びが聞こえてきた。

リンカーンは鉄格子の扉ごしに雄叫びがするほうへ目を凝らした。そのときもう一つ向こうの扉からティーバッグが仲間を引き連れて飛び出してきた。

ティーバッグはリンカーンとその後ろにいるボブを見ると、足を止めて近づいてきた。

「こいつはたまげたな。新人看守に出くわすとは、クリスマスの贈り物だ」

ティーバッグは気味の悪い笑い声を立てている。彼の性癖を知っているリンカーンは、ボブにささやいた。

「手錠を外せ。早く！」

だが、ボブはヘッドライトで照らされた鹿のように立ちすくんでいるばかりで動こうとはしない。リンカーンは彼の腰から手錠の鍵をもぎ取り、自ら外してティーバッグに向き直った。

「失せろ、ティーバッグ」

「おや？　看守を独り占めする気か？　まあ早い者勝ちだからな。ここは一つ取り引きしようじゃねえか」

「何とだ？」

「残りの数週間を楽しく過ごせる物だ。デメロールやエクスタシーさ。電気椅子のことを忘れて過ごせるぜ」

「断る」

リンカーンがティーバッグの誘いをきっぱりとしりぞけたとき、階段にも囚人たちが押し寄せてきた。ボブはすっかり怖《お》じ気づき、浮き足立っている。ティーバッグはうすら笑いを浮かべて言った。

「交渉の仕方を学べよ。レッスン1、状況をよく見ろ。客が増えたぞ」

そのとき、焦ったトロキーがボブに飛びかかろうとした。

「あいつは俺たちのもんだ！」

「ちょっと待て！」

ティーバッグに止められ、トロキーが思いとどまったつぎの瞬間、ボブが動いた。リンカーンはとっさに彼の胸ぐらをつかみ、フェンスの壁に押しつけた。

「何する気だ？」

「ここから逃げる」

震えているボブに、リンカーンは励ますように言った。

「逃げ切れると思うか？」

そうしている間にも、ティーバッグたちはじりじりと詰め寄ってきた。

「よぉ！　シンク。大人しくそいつを渡せ」

リンカーンはボブを離し、ティーバッグたちと対峙した。

「失せろ」

「そうはいかねえ」

「そうか？」

リンカーンは片手にぶら下っていた手錠を握り締めた。彼のまわりをティーバッグの仲間たちがぐるりと取り囲む。ティーバッグは少し下って高見の見物と洒落《しゃれ》こんでいる。

「チーターの群れに狙《ねら》われた1頭のアンテロープ。絶体絶命だ」

ティーバッグが身振りで合図すると、1人の男がリンカーンに顔を突きつけてきた。そのとたん、リンカーンは男に頭突きを食らわして倒した。だが、ほかの男たちがつぎつぎと飛びかかってくる。必死で応戦するうちに、ティーバッグで警棒でしたたかに頭を殴られ、リンカーンは気を失って床に倒れこんだ。

その間に囚人たちに襲われたボブは、警棒や鍵束を奪い取られた。

「タフなゴリラめ」

ティーバッグは倒れたリンカーンに毒づくと、舌なめずりしながらボブを見やった。


スクレは壁を眺めて言った。

「分厚いコンクリートだ、排水路の位置は？」

「教えてくれる奴がいる」

マイケルはそう答えると、床に転がっていた工事現場用の電球を延長ケーブルにつないで明かりが点くことを確認し、それを三脚の先端にぶら下げ、ボール紙で作った筒を壁のほうへ向けて被せた。そして、筒の先に自分の体のタトゥーを写し取った悪魔の顔の絵を貼りつけて電気を点灯した。とたんに、悪魔の拡大された顔が壁に映し出された。その恐ろしげな顔に、スクレは脅えて十字を切り、あとずさった。

「だれだよ？　こいつは……」

だが、マイケルの顔には会心の笑みが浮かんでいた。

「いくら悪魔に恐ろしい力があるからって、顔を映しただけじゃ壁は崩せやしねえだろ。せめてハンマーくらいないと」

「ハンマーは必要ないのさ」

マイケルは汗を拭うと、泡立て器をつかんでスクレに渡した。それをまじまじと見たスクレは訝《いぶか》しげな顔をあげた。

「これでどうしろって言うんだ？」

そのとき、囚人たちの騒ぐ声がいっそう激しく聞こえてきて、マイケルは耳を澄ました。スクレは苛立って言った。

「騒ぎの心配はいいから、この泡立て器でどうやって分厚い壁を破るんだよ？」

「小さな孔を開けるだけでいい」

「通れないだろ？」

「抗張力って聞いたことあるか？　弾性に関するフックの法則だ」

「知るかよ」

マイケルは壁の前に立ち、孔を開ける箇所を指で指し示した。

「計算された位置に孔を開け、抗張力を減らす」

スクレを目をぱちくりさせるばかりだ。

「俺が分かるように言え」

「少しの労力で壁が破れるってことさ。孔を開けるのは角の先、両目、鼻の下、牙《きば》の先、髪の毛の端だ。Xになるように孔を開ける。はじめよう」

マイケルはスクレの手から泡立て器を奪い取り、自ら壁に孔を開けはじめた。


サラはなおも医療棟にとどまり、治療をつづけていた。ここはB棟の中でも一番端にあり、騒ぎがあったというA棟からはかなり離れている。腕に怪我をしている白人のひげを生やした男の傷に、サラは包帯を巻いて言った。

「症状は軽いけど、感染症を抑えるためのペニシリンを打つわね」

「頼むよ」

サラは注射を準備するために医療室へ入っていった。その間にリゾは、無線機に呼びかけた。

「こちらリゾ。A棟に応援はいるか?」

〝A棟は封鎖したから大丈夫だ。B棟にいてくれ〟

「了解」

リゾがほっとして通信を終えた瞬間、ストローカーの片手が伸びてきて首を絞めあげられた。

しばらくして注射器を手に医療室から出てきたサラは、床に倒れているリゾに気づき、あわてて身をひるがした。だが、目の前に黒々とした巨体が立ちはだかった。

「やあ、先生」

ストローカーはリゾのときと同じく、サラの首を片手で絞めあげた。サラはとっさに彼の腕に注射器を突き立て、診療室の中へ逃れてドアに鍵をかけた。それからデスクをドアの前へ押し出す。

それを見たほかの囚人たちも一斉にドアの窓ガラスを叩きはじめた。

「出てこいよ！」

窓ガラスは鉄線入りでそう簡単には割れるとは思えなかったが、サラは恐怖に打ち震えた。

「やめなさい！」

助けを求める電話をかけようとしたサラは、つながっていないことに気づき、愕然として顔をあげた。すると、窓の外でポップ・ポップが切った電話線を掲げてニヤリと笑った。

「ただ今、この回線は故障中でございます」

サラは為す術《すべ》もなく、切れた電話線を見つめた。そのときリゾの無線機に通信が入った。

〝医療棟、応答せよ。何かあったのか？　大丈夫か？〟

通信相手は執拗《しつよう》に呼びかけてくる。囚人たちはリゾを起こして柱に手錠でつなぎ、ガラスの破片を喉元《のどもと》に突きつけてすごんだ。

「分かってるな？」

〝どうした？　大丈夫か？〟

リゾはあえぎながらもかろうじて平静をよそおって答えた。

「こちら医療棟、問題なし」

〝了解〟

通信はぷつりと切れた。その様子を固唾を呑んで見つめていたサラは、がっくりと肩を落とした。

3

思わぬ大暴動へと発展し、急遽《きゅうきょ》、自宅から駆けつけてきたポープ所長は対応に苦慮していた。看守たちが武器庫に集結して武装するなか、ポープは刑務所の図面を小脇に抱え、ベリックをしたがえて運動場に設えたテント張りの対策本部へと出てきた。

「射撃能力の高い武器を使ってはどうでしょう?」

ベリックは強行戦術を主張した。

「皆殺しにして鎮圧する気か?」

ポープが非難をにじませてにらんでも、ベリックはあきらめなかった。

「抑えこんでみせます」

そのとき、1人の看守が電話機を持って駆け寄ってきた。

「所長、電話です!」

「あとにしろ」

すると、看守が言った。

「知事からですよ」

「知事?」

ベリックが顔色を変えるそばで、ポープは仕方なく電話に出た。タンクレディ知事は開口一番、訊いてきた。

〝娘は？〟

「心配ありません。B棟の医療室にいて安全です。問題の起きた棟とは遮断されていますから、混乱がおよぶことはありません」

〝混乱どころか暴動だ。娘の身に危険がおよぶ可能性は？〟

「A棟の受刑者が医療室へ行くことは不可能です。医療室の警備についている刑務官も問題ないと。事態は掌握できてます」

〝何かあったら承知せんぞ〟

不気味な言葉を残し、電話は一方的に切れた。


一方、医療室に逃げこんだサラは、安全などころか、最大の窮地に陥っていた。

「俺と踊ろうぜ、先生！」

「よお、先生！　出てこいよ」

「ドアを開けろ！」

ストローカーをはじめとする囚人たちは獣と化し、手当たりしだいに医療機器を使っては窓ガラスを破壊しようと躍起になっている。これまでは羊のように皆、大人しく治療を受けていたのに……。サラは囚人たちの変貌ぶりを信じられない思いで見つめ、自分の判断の甘さを今さらながらに悔やんでいた。

壁に孔を開けていたマイケルは、息をついてスクレに泡立て器を差し出した。

「代わってくれ」

「えっ？　俺は遠慮するよ。悪魔を怒らせる」

スクレは尻ごみして泡立て器を受け取ろうとしない。

「気にしてる場合じゃない。さっさと開けるんだ」

「不吉すぎるぜ。顔に孔なんか開けて悪魔を怒らせたら、どうなると思う？　もっと不幸になっちまう」

マイケルは少し考えて言った。

「神を信じるか？」

「もちろん」

「じゃあ大丈夫だ。神がお前を悪魔から守ってくれる」

スクレは首からかけた十字架をしばし手でまさぐってためらっていたが、やがて唾《つば》を飲みこんで泡立て器をつかみ、壁に孔を開けはじめた。分厚いコンクリートに泡立て器の尖端を必死に差しこみながら、スクレはマイケルに言った。

「一つ聞いていいか？　この裏に排水路がなかったら？」

「あるさ」

「なんで分かる？」

「孔を開ける位置を計算して悪魔を描いた。この絵にしたがってやれば、間違いない」

マイケルは自信たっぷりに言ったが、スクレの心配は尽きなかった。

「計算が間違ってたら?」

「まわりのガス管に穴が開き、大爆発が起こって生きながら焼かれる」

事もなげに答えたマイケルを、スクレは作業の手を止めてまじまじと見つめた。

「数学は得意なんだよな?」


ティーバッグはボブを引きずって一般房に戻ると、階段の踊り場に立ちはだかり、皆に向かって演説をぶった。

「諸君! 聞け、囚人たちよ! 約束しよう。俺とボブが仲良くなったあとで、お前らにもまわす!」

囚人たちが歓声をあげるなか、ティーバッグは1階へ通じる階段へボブを追い立てた。

「ゆっくり楽しもうぜ。心配すんな、ムスコは病気持ちじゃねえよ」

一瞬の隙《すき》を見て、ボブは2階の通路へと逃げ出した。だが、さんざんティーバッグの仲間たちに殴られた体では、這《は》うことしかできない。必死に這うその姿は、むしろ残忍なティーバッグの欲情をそそった。

「どこへ行くんだ、新人? 逃げられると思ったら大間違いだぜ」

ちょうど鉄格子にシーツがかかったマイケルの房まできたとき、ティーバッグがボブの腰をつかんだ。ボブは最後の抵抗を試み、彼に殴りかかったものの、さらに手ひどく殴られる羽目となった。

ボブが完全に気を失うと、ティーバッグは彼を抱えてマイケルたちの房へ放りこんだ。床に頭を打ちつけた衝撃で半ば意識を取り戻して立ちあがろうするボブを、ティーバッグは尻を蹴って突き飛ばした。ボブはネジが緩んだままのシンクをつかんで倒れこんだ。

壁に開いた人が通れるほどの大きな穴があらわになり、ティーバッグは、目の色を変えた。もうボブどころではない。穴の前にしゃがみこみ、しげしげと中をのぞきこむ。

「逃げやがった」

つぎの瞬間、ティーバッグは大声でわめきながら立ちあがった。

「奴ら脱獄し……」

そのとたん、彼は何者かに口を塞がれ、ベッドに押しつけられた。


「開けろ！　鍵を開けるんだ。出てこい！」

医療室では囚人たちの攻撃がいっそう激しくなっていた。窓ガラスにはいくつものひび割れが走り、ついに一部が砕け散った。それは人の手がやっと通り抜けられるくらいの小さな穴だったが、囚人たちにはそれで十分だった。

「おい、ポップ・ポップ。手が長いからお前なら届く」

ストローカーに言われ、ポップ・ポップが穴へ手を差し入れてドアの内鍵を外しにかかる。

何か武器になるものはないかとデスクの引き出しを探ったサラは、麻酔の注射器を構えた。そして、ポップ・ポップの手がもう少しで鍵にかかろうとした刹那、サラは彼の手の甲に満身の力をこめて注射器を突き刺した。

「クソッ！　刺しやがった」

ポップ・ポップは悲鳴をあげて手を引っこめ、床に倒れこんだ。だが、ほかの囚人たちは意にも介さず消火器で窓ガラスを壊しにかかる。サラは大型のホッチキスをつかむと、鍵がかかった薬品棚のガラス戸を割った。そのナイフほどの大きさの破片を白衣を脱いで包んだサラは、それを武器代わりにして部屋の隅にうずくまった。

運動場の対策本部では、ポープ所長が命じていた。

「所内の水道を全部、止めろ」

「業者に連絡します」

ベリックがすぐさま無線機を引き寄せ、部下に指示しようとすると、ポープは険しい表情になってそばにいたマックに向き直った。

「マック、お前がやれ」

「了解」

マックは気まずそうにベリックを見やりながらも、ただちに駆け出していった。それを見届けたポープは、不満げに立ち尽くしているベリックを、何か文句でもあるのかとばかりににらみつけた。

シンクが倒れた物音で異変を知ったマイケルたちは、房へ戻ってきた。ところが壁の穴は開きっぱなしになっており、房内には血だらけの新人看守、ティーバッグ、アブルッチがいた。

アブルッチはマイケルの顔を見るなり、告げた。

「まずいことになった」

ティーバッグも言い募る。

「そうだな。ボブが穴を見ちまった。殺そう」

一目で事態を察したマイケルは、壁に頭を押しつけてしばし考えてから皆を振り返った。

「だれも殺さない」

「穴を見たんだ」

ティーバッグが抜け抜けと言ったとたん、アブルッチはじろりとにらんだ。

「お前もな」

あとにつづいて穴から出てきたスクレは、愕然として房の中を見渡している。

「監禁作戦は失敗だったな」

そのとき、ボブがすがるような目でマイケルを見あげた。

「俺には娘がいるんだ」

「殺すしかねえ」

ティーバッグが強行に主張する。マイケルは一計を案じてきっぱりと言った。

「外に警察がいる。でも彼が生きてる間は、突入してこない」

「看守だぞ。生かしておいたら……」

信じられないといった顔つきのティーバッグに、アブルッチがすごむ。

「いちいち口を出すのはやめろ。お前には関係ねえことだろ？」

だが、ティーバッグはひるむどころか臆面もなく言い募った。

「ふん！　ボブは俺たちの秘密を知っちまったんだ。俺たちの脱獄計画をな。だから俺にも関係がある」

房から出ていこうとするティーバッグを、アブルッチは通路で引き留めて押さえこんだ。

「待てよ、変態野郎。あの看守と一緒に殺されたいか？」

だが、ティーバッグは開き直った。

「殺したきゃ殺せ！　突き刺せよ！　最期の瞬間まで、穴のことを叫んでやる。ここにいる全員に脱獄計画がバレるぞ。よく考えろよ、相棒。俺を仲間に入れるか、大声で叫ばせるかだ」

猫のマリリンを探していたウエストモアランドは、頭から血を流して倒れているリンカーンを発見して駆け寄った。抱き起こそうとすると、リンカーンはまだ意識が朦朧《もうろう》としているらしく、つかみかかってきた。

「落ち着け。私だ。災難だったな」

ウエストモアランドはリンカーンをなんとかなだめて告げた。

「新人看守なら、一般房で餌食になってる」

ふらつきながらもリンカーンは立ちあがった。

「マイケルはどこだ?」

「見かけてない」

「捜さないと……」

すると、通りかかったタークという屈強の体つきの男が声をかけてきた。

「マイケルか?」

「ああ」

「こっちだ」

リンカーンはすぐさまタークについて、階段を下りていった。その2人の後ろ姿を、ウエストモアランドは訝しげに見送った。

マイケルが階段を下りていくと、警備室でモニターを見ていたウィルが叫んだ。

「おい、女医が食われそうだぜ」

マイケルは驚いて警備室へ駆けこみ、モニターに目を凝らした。囚人たちが今にもガラス窓を消火器で割って侵入しようとするなか、サラは脅えたうさぎのように診療室の中を逃げ惑っている。

マイケルは自分の房に駆け戻り、シンクをずらしながらスクレに言った。

「作業を頼む」

「どこへ行く？」

「医療室だ」

「B棟へは行けねえぞ。封鎖されてる」

アブルッチが止めようとしたが、マイケルは聞く耳を持たなかった。

「道はある。いいか、看守には触れるな。絶対に殺すなよ」

やすやすと穴の中に消えていくマイケルをじっと見つめていたティーバッグは、その姿が見えなくなると唇を舐《な》めてアブルッチに顔を突きつけた。

「計画を詳しく話せ」


（VOL．2へ続く）

トゥルー・コーリング VOL.①〜⑥

ジョン・H・フェルドマン［原案］　酒井紀子［編訳］

カラーグラビア8頁付・①〜④定価650円（税込）　⑤⑥定価600円（税込）

「助けて……」死者の叫びが聞こえる時、彼女は時間を遡る！　無念の死を迎えた人を救うヒロインが主人公の新感覚ミステリー！

COMING SOON!　今後の発売予定作品

チャームド　魔女三姉妹

とびっきりキュートでセクシーな魔女三姉妹を巡るスリルとサスペンスとラブストーリー！

LOST

事故なのか、それとも島が呼んだのか……。過去と決別した48人のサバイバル・サスペンス。

SEX and the CITY

恋愛とセックス――NYに住む30代独身女性4人のオンナの本音満載の新感覚恋愛ドラマ。

24　TWENTY FOUR　シーズンV

シーズンIVの衝撃のラストから1年後。ジャック・バウアーに一体何が起こる！

4400-FOUTY FOUR HUNDRED-

過去半世紀、各国で忽然と姿を消した人々――その数、4400人。『X-ファイル』を超える謎に満ちたミステリー。

編訳者紹介

小島由記子 *Yukiko Kojima*

翻訳家・作家。主な訳書に『ノッティングヒルの恋人』『24』シリーズ（竹書房）、『ギボンの月の下で』(ソニー・マガジンズ)、『ウィンブルドン』『Mr. & Mrs. スミス』(ともにヴィレッジ・ブックス)、『PROMISE』(SB文庫)、『タイフーン』（角川文庫）、著書として『パンチドランク・ラブ』『カンパニーマン』(ともにアーティストハウス)がある。

プリズン・ブレイク VOL.1

平成18年5月18日 初版発行

原案 ――――――ポール・T・シェアリング

編訳 ――――――小島由記子

ブックデザイン ――石橋成哲

編集協力 ―――――魚山志暢

発行人 ―――――高橋一平

発行所 ―――――株式会社竹書房

〒102-0072 東京都千代田区飯田橋2-7-3

電話：03-3264-1576（代表）

03-3234-6301（編集）

http://www.takeshobo.co.jp

振替：00170-2-179210

印刷所 ―――――凸版印刷株式会社

定価はカバーに表示してあります。

乱丁・落丁の場合には当社にてお取り替え致します。

ISBN4-8124-2722-3 C0174

Printed in Japan